束縛は夜の雫

きたざわ尋子

幻冬舎ルチル文庫

CONTENTS ✦目次✦ 束縛は夜の雫

✦カバーデザイン＝久保宏夏(omochi design)
✦ブックデザイン＝まるか工房

イラスト・花小蒔朔衣✦

束縛は夜の雫

ふぁ、とあくびをして時間を確かめると、まだ七時前だった。

二十歳《はたち》の誕生日を迎えたのは先月で、社会人としては二年目。そろそろ本格的な、夏のピークがやってくる。

出勤時間はいつもだいたい八時ちょっと前だけど、家にいたってやることはないから、顔を洗って着替えて、適当なものを胃に詰め込んでから、少し早めに家を出ることにした。洗濯も掃除も昨日やったばかりだし。

僕が住んでる月五万もしないアパートは手狭だけど新しくて、見た目だけならちょっとおしゃれだ。上の住人の生活音がうるさいことと、一階だから湿気がひどいこと、あとは冬場寒くてしょうがないのがちょっとした不満だけど。

ひんやりとした空気は、いかにも避暑地の朝という感じなのに、どこか薄皮一枚かぶったように思えて仕方なかった。

昔から、ずっとこうだ。もう諦《あきら》めてるのに、やっぱりときどき意識してしまうことがある。

「なんだろ、ほんと……」

静けさのなかに、僕の呟《つぶや》きは妙に大きく響いた。

温泉が売りの避暑地、といっても、この界隈はいわゆる住宅地だから、普通の家とかアパートばかりで、景色におもしろみは全然ない。

今日は少し時間が早いから、自転車は使わないで歩いて行くことにした。店までは徒歩でも二十分くらいだ。

通勤コースには人工的なものしか見えないけど、ほんのちょっと離れれば、うんざりするほど木が多くなる。別荘とかおしゃれなレストランやカフェが立ち並んで、いかにもといった感じ。そういったところは僕には縁のない場所だけど、うちに来るお客さんたちは結構そういうのが目当てだったりする。特に女の人は、避暑地のおしゃれなオープンテラスとかでお茶を飲んだりするとテンションが上がるらしい。

春は近くにある桜の名所、夏は避暑、秋は紅葉、冬は車で三十分くらいのところにあるスキー場……にプラスして、温泉というのが、このへんの楽しみ方。しかも何年か前にアウトレットなんかもできちゃったから、そこには一年を通してけっこう人が来る。ようするにこの町――水里《みずさと》は、季節ごとにいろんな楽しみ方ができる温泉地として、かなり人気があるらしかった。

そんな町の玄関口・水里駅前に、僕の職場がある。お土産《みやげ》ものを売りつつ、レンタサイクルをやってる店だ。それから泊まるとこを決めないで来ちゃったお客さんに、宿を紹介したりもする。

いまの時期は八時開店で、冬場は九時。レンタサイクルは春から秋までの期間限定だ。冬はそこそこ雪もふるから自転車は危ないし。

さくさく……っていうほど歩くのは速くないから、普通にてくてく歩いて駅へ向かった。

身体《からだ》を動かすこと全般が、僕はあんまり得意じゃない。「やればできそうなのに」って高校のときに何回か言われたことがあるけど、そもそも好きじゃないんだから仕方ない。スポーツは学校に通ってた頃の体育の時間でしかやったことがなかった。それでも球技なんかは、それなりにできたと思う。

「おはようございます」

店のシャッターを開けている店長に近づいて、いつもより少しだけ声を張ってみた。そんなに大きな声じゃなくても、まわりが静かだから声が通る。

水里は観光地だけど、駅はあんまり大きくない。二、三年前に建て替えられた駅舎は写真で見ると立派で、実際に訪れた観光客が「え……」ってなっているのをよく見る。ロータリーなんかもたいしたことはないし、タクシーもこの時間だと待っているのは五台がいいとこだ。駅前の広場にあるのは不動産屋と喫茶店、レンタカー会社と小さいレストラン。それと僕の職場・土産物店兼レンタサイクル店の〈はしまや〉くらいしか見当たらないから余計に。

町の知名度のわりに、駅前は寂れてると思う。どうしてかというと、ここは玄関口でしかないからだ。

だって駅前にはコンビニもないのに、少し離れればガイドブックに載りきらないほど、いろいろな店がある。むしろ駅から離れたところが、この町一番の繁華街だったりする。

あとは駅の反対側の、アウトレットかな。あそこはいつでも人がいっぱいいる……らしい。入ったことないから、よく知らないけど。

「おはよ、充留《みつる》くん。早いわね」

店長の戸塚《とつか》さんは僕に気付いてにこりと笑った。僕と同じ年くらいの娘さんがいる女の人で、娘さんは関西の大学へ行っているらしい。

僕を下の名前で呼ぶ人は、いまとなっては戸塚さんくらいだ。でも違和感を覚えるのは、滅多に呼ばれないからじゃない。昔から、それこそ母さんに呼ばれてた頃から、僕はこの名前を拒否してたんだと思う。

だって自分のなかに、まったく響かない。頭ではわかってるけど、自分が呼ばれてるような気がしないんだ。

「ちょっと早く目が覚めちゃったんです」

「あら珍しい。きっと今日は雨ね」

「ひどい」

確かに自分でも寝穢《いぎたな》いと思う。起きてもしばらくはぼーっとしてるし、油断すると二度寝しちゃうし。

でも遅刻はしたことない。八時ぎりぎりに飛び込んだことは何回もあるけど。

「降水確率、一〇パーセントでしたよ」

笑いながらそんな話をするのが、ちょっと楽しい。見た目とか性格は全然似てなくても、戸塚さんは死んだ母さんと年が一緒だから。自分で言うのもなんだけど、けっこうマザコンだったみたい。

そんな戸塚さんと僕、二人だけで店をまわしてる。開店準備といっても、ほとんどの商品は昨日のうちに補充してあるから、やるのはレジを開けることくらいだ。もう少ししたら、地元のパン屋さんが数種類の総菜パンやサンドイッチを届けてくれる。委託販売のようなものだ。

朝からお土産を買う人はいないけど、自転車を借りにくる人はいて、開店すると早速一組のカップルがやってきた。

戸塚さんにせっつかれて応対し、料金表を見せる。お客さんは二人とも二十代前半くらいで、午後三時くらいまで借りたいと言った。

「二台ね。あと、ランチするのにいい店ないかなぁ？　ガイドブックに載ってない、地元の人オススメのレストラン、みたいなの」

「あ……ええと……」

思わず戸塚さんを振り返ってしまった。

正直、ものすごく困ってしまう。地元なのは間違いないけど、僕はこういうことを全然知らなくて、それこそ誰でも知ってるような有名な店やホテルしか知らないから。

仕方なさそうな顔で戸塚さんが口を開こうとしたとき、別のところから声がした。

「それでしたら、いい店がありますよ」

笑顔を貼り付けて入ってきた人を見て、お客さんたちはきょとんとしている。誰？　って顔に書いてあった。女の人のほうは、ちょっと目がきらきらしてる。

背は高いし、若いし、顔もいい人だから、女の人がテンション上がるのも無理ないと思う。僕は逆に溜め息《たいき》つきたくなったけど。

その人――羽島《はしま》主任は、まっすぐレジカウンターまで来ると、小さい声で「地図」と言ってから、お客さんに向き直った。

「オープンしたばかりのイタリアンなんですが、ランチはお手頃価格ですよ。ちょっとわかりにくい立地かもしれませんが、きれいな一軒家レストランで、ロケーションもいいと思います」

配布用の地図を広げて場所と店名を教えながら、オーナーシェフは東京のなんとかって場所で料理長をやっていた人で、有名なイタリア人シェフの愛弟子《まなでし》だとかなんだとか、いろいろと説明してた。

女の人はすっかり乗り気だし、男の人はどこでもいいって感じの態度だ。そのまま地図を渡し、主任が二人を送り出した。

僕は後ろでなにもできずに突っ立っているだけだった。

「戸塚さん、自転車のメンテなんですけど……」

そう言いながら主任はくるっとこちらを向いて、すぐ仕事の話を始めた。もともとこのために来たんだろう。

僕はそっとレジから離れる。土産物店に隣接したスペース——自転車が何十台もきっちり並んでるところへ行って、意味もなく自転車を磨き始めた。意味なくはないんだけど、いまやるのは手持ちぶさたというか、身の置きどころに困ったからというか。とにかく突っ立っているわけにはいかなかったから始めた。

少し話してから、主任は帰って行った。僕とは言葉どころか目もあわせなかった。

「はぁ……」

相変わらず嫌われてるなぁ。僕も苦手だから、お互い様だけど。

あの人はわりと最初から僕のことを嫌っていた。いまじゃ視界にも入れようとしない。というか、見てるだけで苛《いら》つくみたいだ。たぶん僕の接客態度とか、ちゃんと対応できないところが気に入らないんだと思う。

対人恐怖症ってほどひどくはないつもりだけど、僕は人見知りだ。初対面の人とか苦手意識持っちゃった人とは、うまく話せないし、目をあわせるのも無理。声も小さいし、急になにか言われると言葉に詰まるし。

そんな僕がなんで接客業なんかやってるかというと、紹介されて入った会社で、配属されちゃったからだ。母さんがまだ生きてる頃に親子でお世話になってた当時の大家さんが、一人残された僕を心配して、古い知り合いがやってる会社で雇ってもらえるように頼んでくれたんだ。その大家さんも、去年亡くなっちゃったけど。

金属部分の曇りを黙々と落としていると、戸塚さんに呼ばれた。

「ちょっとお願いね。一人で大丈夫？」

「はい。あの、すみません。さっき……」

「うーん……内勤にしてもらえるように、頼んでみようか？　充留くん、やっぱり接客は厳しいみたいだし」

「……すみません」

「せっかくこんなに可愛《かわい》い顔してるんだから、ちゃんとお客さんの顔見て、にこっと笑えばそれだけでいいのよ？」

「はい……」

何度も言われてきたことなのに、どうしてもそれができない。相手の目を見るのは怖いし、無理して見たら見たで、今度はしゃべれなくなってしまう。笑おうとすれば引きつる。

以前はここまでひどくなかった。店に立つようになって悪化した気がする。

仕方なさそうに苦笑して、戸塚さんは用事のために出て行った。

留守中に何人かお客さんが来たけど、なんとか無難にさばいた。目をあわせなければ無理にでも笑うことはできるから、接客としてはギリギリ及第点……らしい。

　戸塚さんのいないときに接客した五組のうち、一人だけちょっと対応に困った人がいた。たぶんナンパの一種なんだと思う。三十歳くらいの男の人で、何時に終わるのとか聞いてきた。答えたら飲みに行かないかって言われて、断ったら「じゃあまた今度」って言われた。観光客じゃなくて、このへんに別荘を買ったばかりだから、これからも機会はあるだろうってことらしい。いや、ないから絶対。なんで知らない人と飲みに行かなきゃいけないの。相手が女の人だってないよ。

　なんでかたまに、僕は男の人から誘われる。戸塚さんがいるときにはないけど、意外とそういうこと平然と言う人がいて、最初はすごくびっくりした。都会の人はすごいなって思った。

　旅行先だから弾けちゃうのかな。別荘族の人は、地元じゃない解放感……みたいな。

　もちろん女の人から言われるほうが多くて、一緒にお茶しようとか遊びに行こうとか言われることもある。

　全部断ってるのは、言うまでもない。その気はまったくないし、もしＯＫしたら社員として大問題だし。

　こんな小さな土産物店だけど、母体は大きいとこなんだ。この水里では知らない人がいないような。

そんな感じでぽつぽつ来るお客さんの相手をしていたら、昼の休憩時間がやってきた。まだ七月の中旬だからピーク時ほどは忙しくなくて、客が店内にまったくいない時間も多い。

「サンドイッチ、一つ買ってもいいですか？」

「いいわよ」

ミックスサンドイッチのパッケージを一つ取って、飲みものと一緒に代金を払ってから外へ出た。

ロータリーの端っこにあるレンタカー会社は、線路沿いに広くスペースを取っている。自動車メーカーのやってるとこじゃなくて、鉄道会社の経営だ。だからいろんな会社の車が揃《そろ》ってる。そのお向かいに〈はしまや〉があって、いま僕が座ったのは〈はしまや〉が持ってる空き地。そのうち自転車置き場を拡張するらしくて、ちょっと前に確保した土地だった。いまは僕の休憩所だけど。

持ち込んだ小さな折りたたみの椅子に座って、まずスケッチブックを広げる。新しくなった駅舎をまだ描いたことがないから、今日はそれ。ランチはついでみたいなものだ。

さらさらと鉛筆を動かして、合間にサンドイッチを食べる。

僕の趣味は絵を描くことだ。小さい頃から、絵を描くことが大好きだったし、中学も高校も部活は美術部だった。

思えば僕の二十年の人生で一番人間関係が濃かったのは、小学生のときだったような気がする。学校でそれなりに親しい友達はいたけど、環境が変わってまで続く付きあいじゃなかった。高校の友達は、ごくごくたまーにメールが来る程度だけど、まだ繋《つな》がってるだけマシなのかもしれない。

僕は小学生のとき、近所に住んでいた画家さんのアトリエに入り浸って、いろいろ教えてもらっていた。

画家のお爺《じい》さんは西洋画家としてはそれなりに名の通った人だったけど、もうその頃には身体が不自由で絵を描くことはほとんどなくなっていた。そして僕が中学に上がって少しした頃、亡くなってしまった。

水里という土地をとても愛して移住した人だった。ただ近所というだけで入り浸った僕に、惜しみなくいろいろなことを教えてくれて、笑いながら「わたしの最後の弟子だね」なんて言ってくれた。

そのおかげもあって僕は入賞を何回かしたけど、いまはスケッチくらいしかしてない。美大に行くなんて夢もあったけど、結局夢で終わった。

色は滅多につけない。画材を買う余裕がないってのもある。でも一番は自分の目がおかしいのを知っているから――。

昔から、僕が見てる世界はどこか色あせてた。色の識別はできるし、別に身体に異常があるわけじゃない。赤は赤だし、青は青だ。微妙な色の違いだって、明暗だってちゃんとわかってる。でも、くすんでるんだ。まるで汚れて曇ったガラスを一枚通して見たように、どこか変だった。

漠然とした違和感はずっとあったけど、確信したのは、色をつけた絵を褒められたときだった。くすんだような色のつけ方が独特だと言われて、ああ……って思った。だって僕は、見たまま色をつけたつもりだったから。

ずっと感じていたことを正直に話したら、師匠はそうか……と仕方なさそうに頭を撫《な》でてくれて、いつか本当の景色が見えたら、たくさんきれいな絵を描きなさいと言った。

だから僕は線画を描き続けている。見えている景色は、本当はどんな色なんだろうって、思いながら。

そうやって鉛筆を動かしていたら、駅からぞろぞろと人が出てきた。特急が着いたらしい。サンドイッチはもう食べ終わっていた。

 観光客はそれぞれタクシーに乗ったり、バスの時間を調べたりしてる。そのうちの何人かは、レンタカーを借りるために歩いてきた。

カップルに、OLっぽい四人組。そのあとを大学生っぽい一団が歩いてた。じろじろ見ているのも悪いから、僕は手元の絵に目を落とした。

大学生の一団は十人くらいいたから、二台必要なんだろうな。サークルの合宿かなにかなんだろうか。半分くらいは女の子で、びっくりするほどにぎやかだった。狭いとはいえ道路を挟んだところにいる僕にまで、はっきり会話が聞こえてくるくらいに。

「やだ、ホラーだめホラーだめっ！」

「違うよ、ホラーじゃなくて、不思議系の話」

「ねー？　パラレルワールドとか前世とか、そっち系だよ」

「おいこら、その二つ一緒にすんなよ」

「いいじゃん、とにかくホラーじゃないってことで」

「そうそう。でね、なにかの間違いで入れ替わっちゃった魂は、どう頑張っても絶対その身体には馴染《なじ》まないから、長生きはできないんだってさ」

「馴染まないってどういうこと？」

「長生きできないってどれくらい？」

「知らない」

「ええー」

気がついたら手が止まって、耳がその会話を追いかけていた。馴染まないという件《くだり》に反応してしまった。

「それなに、スピリチュアル系？」

「わかんない。昔どっかで聞いたんだよね。あれ、読んだのかな？　とにかく、本当の容れものに入れなかった魂っていう話。そういう人は、あんまり幸せになれないとか、まぁそんな感じ」

「なんで入れないんだろ？」

「さぁ」

「あれじゃん？　神サマとかが、うっかり間違えちゃうんじゃん？」

「うっかりすぎんだろ！」

「ようするにさ、教訓なんだろ。こんなの自分じゃないとか、本当の自分は違うとか言ってないで、ちゃんとリアルの自分を見つめろよっていう」

「うわ、現実的に締められた」

後半は同行していた青年が笑い話にした上に、ばっさり切り捨ててしまったけど、僕の耳にはいつまでも彼らの言葉が残っていた。

ものすごく納得してしまった自分がいる。

僕自身に対する説明のできない違和感だとか、不自然さだとか。理由もなく「戻りたい」って思うこともあって、そのたびにそんな自分に苦笑してきた。一体どこに戻る場所があるんだって。

名前だってそうだった。大好きだった母さんが付けてくれて、二十年も付きあっている名前なのに、いまだに馴染めないままでいる。呼ばれても、まるで記号のように思えて仕方なかった。

だからさっきの話は、すとんと僕のなかに落ちてきた。

ああ、だから居心地が悪いんだ。空気も風も、薄皮一枚越しに触れあっているように思えたり、見ているものがくすんでいたり。

別に真に受けたつもりはなかった。通りすがりの女の子が、どこかで聞いたというだけの作り話だってわかってる。でも、これ以上ないほど僕は納得してた。

「うわっ、すげぇ霧」

あっという間にあたりは白く霞《かす》んでいた。このあたりではよくあることで、ひどいときは数メートル先も見えなくなる。

慣れていない人たちは大騒ぎだ。車を借りるのにどうしようと言いあってる。

「そっか……間違えたのか……」

呟きは自然にこぼれていて、それはすごく小さいものだったから、誰に聞こえるはずもなかった。まして道路の向こうでは大騒ぎなんだから。

でも僕が呟いたあと、まるで聞こえたみたいに振り向いた人がいた。

霧でよく見えないけど、さっきの一団の一人で、たぶん男。あんまり背が高くないから、自信ないけど。

よく見ようとして目をこらしても、霧がますます濃くなってぼんやりとした影みたいになってしまって無理だ。

残念。珍しく人に興味を持ったのに、時間切れだ。そして短い昼休みは、あっという間に終わってしまった。

仕事に戻っても、頭からはさっきの青年のことが離れなかった。

本当に珍しい。こういうことは初めてだった。

どこか浮《うわ》ついたまま夕方になって、その頃には雨が降り出してた。気温もぐっと下がってるし、薄暗い。

慌てて戻ってきたレンタサイクルの客が、ぼやきながら帰って行った。これで貸し出した自転車は全部戻った。

「うん、ちょっと早いけど今日は終わりにしましょ。どうせもうお客さんは来ないわ」

戸塚さんの判断で早じまいすることは結構ある。この時期は夕方に天気が悪くなると、本当に人が通らなくなって、開けていても仕方なくなるからだ。駅を利用する人がいても、すぐ乗り物使っちゃうし、駅のなかにもちょっとした土産物店はあるわけだし。

そんなわけで、いつもより少し早く上がることができた。鍵は二人とも持ってて、だいたい帰りは僕が閉めることになっていた。

雨は少し小降りになっていた。忘れものの傘が何本もあるから、そのうちの一本を借りて帰ろうとした。

いまさらだけど自転車に乗ってこなくてよかったな……って、あれ？

なんか引きつけられるみたいに、目がそっちにいった。駅の前で、僕と同じくらいの体格の人がいる。

背はあんまり高くなくて、細くて頭が小さい。

なんだかすごく懐かしい感じがした。

彼はこっちを見てた。向こうも驚いてるみたいだった。

霧のなかで見た、彼だった。顔ははっきり見てなかったし、服装だって覚えてないのに、間違いないっていう確信があった。

それ以上に、よくわからない感慨みたいなもので胸が押し潰されそうだった。

——やっと見つけた。

僕のなかのなにかが、そんなふうに感じてた。初めて会うはずなのに、絶対初めてじゃないって思った。

勝手にふらっと足が動き出す。まったく同時に、向こうも歩き出していた。どこかで調達したらしい透明なビニール傘をさすのも忘れてる。

呼びあうというのは、こういう感覚なんだろうか。

たぶんちょうど真ん中くらい、お互いの顔がはっきり見えるくらい近づいたところで僕らは足を止めた。

すぐ目の前にある顔は、僕にそっくりだった。鏡のように、とは言わないけど、でもすごくよく似てた。

不思議と驚きはない。意味もなく「やっぱり」って思った。

「なんだろうね、これ」

本当に、なんだろう。当たり前みたいに笑ってる。初めて会うはずの人の目をちゃんと見て、たぶん久しぶりの自然な笑顔まで浮かべて。

彼も笑ってた。うん、なんていうか……きれい。自分とそっくりな顔に対して言うのも変だけど、彼はすごくきれいだと思った。

似てるけど、違うものっていう感じ。大きな目もたぶん形は同じなんだろうけど、彼の目はキラキラしてて、まぶしいなって思った。印象はなんていうか……子猫。ただの猫じゃなくて、子猫。

「初めまして、って感じしないよな」

ああ、声までそっくりだ。骨格が似てるから、声も似てるってことなのかな。

雨のなか、駅前で二人で向かいあって突っ立って、一人は持ってる傘もささないで……。

これは傍《はた》から見たら異様だ。そう気付いて、僕は彼に傘をさしかけた。

「えっと……移動しよう?」

「え……あ、そうだよな」

我に返ったらしい彼は、傘のことも同時に思い出したらしく急いで広げた。

どこかに移動、って言っても、駅前のカフェはなしだ。さすがに店員さんとは顔見知りだから、そっくりな彼を連れて行ったら詮索されそう。

どうしようと思ってたら、彼が言い出した。

「家、近い？　親とかいる？」

「え？　あ、ううんいない。一人暮らしだから」

「じゃ、君んちでもいい？　そのほうが気兼ねなく話せそうな気がするし」

「いいけど、ちょっと歩くよ？　時間は大丈夫？」

「うん。友達と来てたけど、もう帰った」

長いこと一緒にいる友達みたいに視線と言葉が行き交う。すごく自然で、息が楽で居心地がよくて、このまま別れるのがもったいなく感じた。

話したいことや聞きたいこともたくさんあった。

別に運命の人に出会ったとか、そういう感じじゃない。別の意味では運命なのかもしれないけど、よくある恋愛的な意味では絶対にないと断言できる。

「年……いくつ？」

駅を少し離れたところで質問された。

「二十歳。先月なったばかり」

「俺も……！　誕生日は？」

「十一日」

「あー、違うのか。でも俺は十日。うーん一緒かなってなんとなく思ってたんだけどなー」

「うん、実は僕も思ってた」

でも一日違いというのは、ちょっと嬉しい。なんで嬉しいのかは自分でもわからないけど。

「家族は？」

「いないよ。母子家庭だったんだけど、母さんは二年前に……」

「父親は？」

「知らないんだ。未婚の母ってやつだったから。とうとう父親のことはなにも言わないで死んじゃったし」

言う間もなかったというのが正しいかもしれない。大人になったら話してあげると言われてたのに、母さんは突然倒れて意識が戻らないまま亡くなってしまったから。ただなんとなく、不倫だったような気配を感じたことはあった。

しんみりとしてしまったせいか、彼は困ったように黙りこんだ。

「君のご両親は？」

「え、あ……うん、いるけど母親は実の母親じゃない。なんか俺って父親が外で作った子供らしくてさ。父親が子供……俺だけ取り上げて縁切ったっぽいよ。いくら聞いてもそれ以上教えてくれなくてさ。正直、家族とはあんま仲よくない」

せっかく家族がいるのにもったいないな、と思ってしまった。でも口には出さない。事情なんて人それぞれだもんね。

それに羨ましいなんて思うのは、僕が寂しいからだろう。天涯孤独で、友達もいなくて、話す人は戸塚さんくらい。

僕の人間関係はすごく希薄だ。だからって別に人が嫌いなわけじゃないし、怖いと思ってるわけじゃない。どこかがおかしい自分に気付いてから、誰かと深く関わることをやめてしまっただけだ。

「血液型、なに？」

「えーと確かA型」

「同じだ。でも日本人の四割はそうだよな」

「大学生？」

「うん。いま二回目の一年やってるとこ」

「ええっ、それって留年？」

「そーそー」

けろっとしてる。全然気にしてないみたいだ。

「なんで留年しちゃったの？」

「出席日数たりないのと、普通に単位落としたのと両方。あ、でも俺の頭が悪いわけじゃないからな。うん……いや、別の意味で悪いかも。わざと単位落としたのは、自分でも馬鹿だなと思ってる。もっとほかにやりようがあったよな」

うんうん頷《うなず》いて彼は納得してるけど、正直意味がわからない。留年までして彼はなにがしたかったんだろう?

「なにを目指して留年したの」

「いや、うん……不真面目でやる気のない長男……を目指した」

「……兄弟いるんだ?」

長男と言うからには一人っ子ではないだろう。彼はためらいがちに、頷いた。

「弟が、一人……異母兄弟な。一つ違いだから、いま同じ学年」

「へぇ、いいなぁ兄弟」

「言っとくけど仲悪いからな。っていうか、向こうが俺のこと超嫌いなんだよ。顔見れば嫌みと皮肉で、敵意丸出し。風当たりきついきつい」

「え、なんで?」

「さぁ。まともに話したことないからわかんない。別にどうでもいいし。あー失敗した。留年なんかしちゃったから、社会人になるの一年遅くなっちゃったよ。中退させてくんないかなー」

うんざりしてるのは伝わってくるけど、僕からしたら羨ましい限りだ。僕は美大へ行きたかったし、家族と暮らしたかったから。

他人を羨んでも仕方ない……あれ、なんかいますごい違和感というか、変な感じがした。

彼を他人というカテゴリーでくくることに、ものすごく抵抗がある。なんだろうこれ。

言ってしまえば「他人じゃない」って、僕は思ってしまってる。根拠なんてなくても、全身がそうだと言ってる。

これは僕だけが感じてることなんだろうか。彼はどう思ってるんだろう。そもそもなんで彼は、初対面の僕の家に、ためらいもなく来ようとしてるんだろう。

「学生？　仕事してんの？」

途切れた会話を繋ぐように、彼は言った。

「あ……駅前の〈はしまや〉ってとこで、店員やってる」

「そっか。いいなぁ、ほんとは接客とか販売とかのバイトしたいんだよね」

「そうなの？」

「うん。でも家族がいい顔しないっていうか、禁止されてる。黙ってやろうとしたけど、すぐバレちゃってさ。父親が手ぇまわして、悪いけどなかったことに……みたいな。二回妨害されて、諦めた」

「なんでそんなこと……」

「うちってさ、いわゆる旧家ってやつらしいんだけど、なんか父親のプライドが変な方向に傾いてんだよね。学生の俺がバイトすんのは、篠塚《しのづか》家としてみっともないって感覚でさ。いや、意味わかんないけど」

思わず頷いてしまった。なにかどうみっともないのか、本当に理解できない。あれかな、充分なお小遣いあげてないように思われたらいやだとか、そういう感じ？　それとも、学生の本分は勉強だとか、そういうの？　うん、わからない。息子の彼にわからないものは、僕にわかるわけないよね。

ただ旧家ってところは納得だった。普通みたいにしてるけど、滲《にじ》み出るおぼっちゃま感はごまかせないんだよね。服だって安っぽくないし。

もうすぐアパートだな、って思ってたら、お向かいから散歩中の犬と飼い主がやってきた。自然と身体が硬くなる。実は犬が苦手なんだ。というより、怖い。子供の頃に、大きな犬に飛びかかられて転んで以来、だめになってしまった。別に噛《か》まれたわけでも追いかけられたわけでもないし、いま思えばじゃれついてきたんだろうなってわかるけど、当時の僕は大泣きをして腰が抜けてしまって、こんなに怖いことはないって思った。

水里って、犬連れの人が多いから困る。住んでる人もだけど、別荘族の人も結構犬を連れてくるし、最近では犬連れで旅行したいって人たちのニーズに応えて、一緒に泊まれる宿とか、同じ席で食事とかお茶とかできる店も増えてきてるから、毎日絶対にどこかで犬に出会っちゃうんだ。

「……犬、だめ？」

「うん……」

やっぱりすぐわかるらしい。びくっとするし、挙動不審になるから、よく飼い主さんにも苦笑いされる。

なんとかやり過ごして歩いていたら、アパートが見えてきた。

「へぇ、きれいじゃん。家賃いくら？」

「四万八千円」

「安っ」

ものすごくびっくりされたけど、この辺じゃ普通だ。基準が都市部とは違うのかもしれないし、いいとこのおぼっちゃんだから、彼自身の基準が高いのかもしれない。

なんだか急に狭いアパートが恥ずかしくなったけど、いまさら場所を変えるなんて無理で、僕はどう思われるのかな、なんて思いながら彼を部屋に通した。

「狭くて汚いけど……」

「えー、きれいじゃん。もの少ないんだな」

「あ、うん。適当に座って」

お茶っ葉もコーヒーもないから、ペットボトルのブレンド茶をコップに入れて出すくらいだ。なんだか申し訳なくなる。

僕たちは小さなテーブルを挟んで、向かいあって座った。

明るいところでじっくりと顔を見ると、本当によく似ていた。でもヘアスタイルも服も当然彼のほうがおしゃれだし、表情の作り方が違うから、印象は全然違うだろう。

「あー、うん、やっぱ似てる。パーツがいちいち一緒だ。文句なし、美人」

「は？　なに言ってるの、自分で……」

「自覚あるもん。いろいろ言われてりゃ、いやでもそうかって思うよ。むしろなんで不思議そうな顔してんの？　言われないの？」

「……職場の人に、可愛いとは言われるけど……それは親目線っていうか、女の人ってなにかと可愛いって言うよね」

戸塚さんだけじゃなくて、お客さんもたまにそういうこと言ってくるけど、まず女の人だ。たぶん「可愛い」には大した意味はない。

でも彼は不満そうだった。

「小さい顔に、くりっとしたでっかい目。鼻も口も形よし、配置バランスよし。肌はつるつる……あ、でも君ちょっと荒れてる。ちゃんと食べてないだろ。あと、ひょろすぎ！　や、人のことは言えないけどさ。筋肉ないじゃん。運動してんの？」

「……してません。っていうか嫌い」

「もったいない！　俺なんか、走りたくても走れないのにさ」

「え？」

「中学のとき、交通事故にあっちゃって。普通に歩いてる分にはいいんだけど、あんまり長い時間だと痛くなるし、走るのは無理なんだ」

思わず視線を下に向けてしまったけど、座っている彼の足元が見えるわけじゃない。それに見たって、なにかわかるものじゃないだろう。

「気がつかなかった……」

歩いているのを見た限り、不自然さはなかった。言われなかったら、きっと知らないまま別れてた。

なんだか申し訳ない気持ちになる。走りたい彼が走れなくて、走れる僕が走りたくないなんて。

確かにもったいないような気がしてきた。交換できればいいのにな。

「気にしなくていいからさ。なんか、自分がしょんぼりしてるみたいで、落ち着かないよ」

「ごめん」

「いいって。それよりさ、思ったんだけど……君の父親は誰だかわからないんだよな？　で、俺は実の母親が誰か知らない。誕生日も近い」

「うん」

「で、俺たちはすごくよく似てる。まるで双子みたいに」

「あ……」

彼の言いたいことはすぐわかった。というより、もう言っている。

もし、もしも……僕たちが双子で、母さんと彼の父親が不倫して生まれた子供たちで、なんらかの事情で、彼だけが父親に引き取られて、僕が母さんのもとで育ったとしたら。お互いのことも兄弟のことも絶対に言わないと約束したのだとしたら。

一応つじつまはあう。もちろん憶測でしかないんだけど、間違いないと思ってしまう。たぶん彼もそうだろう。

「ＤＮＡ検査したら、わかるかな」

「そこまでしなくても……。だって、兄弟ですってわかったところで、別にどうにもならないよ。自分たちで確信してればいいんじゃない？」

「なに言ってんだよ。俺と双子ってことは、あのクソ親父……じゃなくて、偏屈な父さんにとっても息子ってことだろ。いろいろ権利があるはずじゃん。いまからだって遅くない。篠塚家にくればいい。帰ったら父親を問い詰めるよ」

「い……いいよ、そんなことしなくていい……っ」

とっさに叫んでしまった。だって不倫だよ？　奥さんがいるわけでしょ？　異母兄弟いるって言ってたくらいだし。奥さんがどこまで知ってるかわからないけど、隠し子がもう一人増えちゃうとか、そんなのかわいそうすぎる。

それにこれまで一度も父親が接触してこなかったということは、その人にとって僕は必要ない存在ということだ。名乗り出たところで迷惑にしかならないだろう。

そんなことを説明すると、仕方なさそうに彼は諦めてくれた。

「けど、困ったら頼って。絶対な。えっと、ケー番とアドレス交換しよう」

「あ、うん」

使い方がよくわかってない僕をよそに、彼は赤外線通信で連絡先を交換してくれた。

感心して眺めていると、いつの間にか彼が僕をじっと見つめていた。

「やっぱ鏡見てる感じとは違うなぁ。俺がおとなしくて儚《はかな》げになったら、きっとこんな感じなんだろうな」

「は……儚げ……?」

「だよ。なんか可愛いんだよなぁ。小さいウサギいるじゃん、ペット用の。あれっぽい気もする。ふわふわで」

「ふ、ふわ……?　え?」

どこもふわふわじゃない気がするんだけど。髪だって別に天パじゃないし。目の前の彼と一緒で、栗色っぽいストレートだよ。癖は少しあるけど……って、よく見たら髪の色とかも同じだ。

「ヤバい、ますます他人に思えなくなってきた。耳の形とかも似てる気がする。あと手とか」

「手？」

「ほら」

彼が手をかざし、僕に見せてくる。

確かに指の形だとか、手のひらの厚みだとかは、同じように見える。大きさも同じくらいかな。

なんとなくお互いに手を出して、ぴったりあわせて——。

ものすごい衝撃に襲われた。


気がついたら、床に倒れていた。意識がなかったのは間違いなくて、でもその時間がどれくらいなのかはわからない。

両手を突いて身体を起こすと、同じタイミングで彼が起き上がった。

「え……？」

なんだか違和感がある。目の前がクリアというか、見たこともないほどきれいな色で飾られていて、身体を包む空気もなんだか冴《さ》えている。

違和感があるんじゃない。ずっと感じていたそれが、消えてなくなったんだ。

彼が不思議そうに自分の手を見て、大きく目を見開いた。

「ちょっと見せて！」

いきなり左手を取られて、まじまじと親指の付け根のあたりを見つめられた。怖いほど真剣な顔をしていたから、なにも言えなかった。

そういえば、僕と彼の場所が変わってる。さっきまで僕はキッチン側にいたのに、いまはベッド側だ。

なんかおかしい。彼もちょっと違う。そうだ、髪型が違うんだ。あれ、服も……それ、さっきまで僕が着てた……やつ……？

「俺の手にはさ、事故のときの傷が残ってるんだ」

「え……？」

急に言われて、思わず彼の顔を見た。それから少し遅れて自分の手に目を移す。

はっとした。左手の親指の付け根あたりに、見覚えのない傷跡があった。目立つ傷じゃないけど、確かに覚えのない傷だ。

どういうこと……？　いや、わかるような気がするけど、そんなことありえない。

「さっき、すごい衝撃があったよな」

「うん」

「一瞬意識なくなったんだけど……同じ？」

「同じ。なんか、吸い込まれるっていうか引っ張られるっていうか……とにかくすごい衝撃だったよ」

気を失う前に感じたことを言うと、彼は大きく頷いた。同じだったらしい。一番近いのは、引っ張り出されるような感じ、だろう。

「信じられない話だけど、俺たち入れ替わったよな。でなきゃ二人揃って頭がおかしくなったとしか思えない」

「入れ替わる……」

「念のために、脚見せて。左足の、ふくらはぎ」

言われるままパンツの裾を膝まで捲《まく》り上げると、そこにはうっすらと手術痕のようなものが見えた。手の傷より、ずっと大きいものだ。色が変わってるわけじゃないから、ちょっと見はわからないけど、近くでじっと見たらわかる。そんな傷痕だ。

きっとこれが走れなくなったというケガなんだろう。

「うん、間違いないな。こっちには傷ないし」

「な……なんで、こんな……」

「さぁ。でも、妙にしっくりきてるんだよなぁ……普通さ、こんなことになったらパニックにならないか？　なのに、すっげー落ち着いてる。君もだよね？」

「……うん。上手く言えないけど、安定してる感じ」

「わかる。それぞれ、安定してるよな」

説明のしようがない、誰にもわかってもらえないと思っていた感覚を、彼と共有している。わかってくれる人がいた、それだけで嬉しかった。

「いろんな感覚が、ぼやっとしてたんだよね。違和感みたいのが、ずっとあってさ。借りものの身体で生きてるみたいだった」

言いたいことはすごくよくわかった。感じ方はきっと違うんだろうけど、違和感を抱えて生きてきたのは同じだったみたいだ。

そうなると思い出すのは、昼間聞いたあの話だ。

「君の友達が、話してた魂の入れ違いの話……」

「ああ、うん。あの話が出たとき、ドキッとしたんだよなぁ。すごい納得しちゃってさ」

「僕も」

「間違って入っちゃったんだな、きっと。それで、いま戻ったんだ」

彼は恐る恐るといった感じで僕の手を握った。でもほとんど確信しているのか、結構思い切りはいい。

僕もためらわずに彼と手のひらをあわせた。さっきと同じように、それから左右の手を入れ替えてもう一度。

なにも起きなかった。

だってこれが正しいからだ。僕も彼も、自然にそう確信していた。これが本来の、あるべき形なんだ。

「悠《はるか》……」

それが僕の名前。すんなりとそう思えた。生まれたときから呼ばれ続けてきたみたいに、しっくりと馴染むのが不思議で、同じくらい当然だと思った。

僕は微笑んで、彼の名を返した。

「充留」

びくっ、と少し震えてから、彼は嬉しそうに笑った。ちょっと泣きそうにも見えた。

持ってきたのは、母さんの写真と絵の道具だけ。あとは彼――今日からは充留として生きる彼の、もともとの荷物だけだ。

出会った日は夜通し話して、次の日――昨日は二人で母さんの墓参りに行った。それからまた二人でずっとお互いの話と質問をして、結局二泊三日のあいだに、できるだけのことを教えあった。

いままでの生活に未練はない。それは充留も一緒で、これから送るはずだった人生についてもお互いに惜しくないと思っていた。

どのみちこのままなら、それぞれの環境に身を置くしかないわけだし。

だっていくら似ているからといっても、中身が生きてきた場所でこれからも暮らしていくのはリスクが高い。傷痕なんかは一目瞭然だし、いろいろ調べられたら、本人じゃないってバレてしまう。

だから、僕たちはいまの身体と名前のまま生きていくことに決めたんだ。容れものがそのままなら、中身が変わったところで「性格が変わった」で押し切れるんじゃないか……っていうことになって。

ためらいはなかった。だってこれが本当の器、というか身体だって気持ちとか感覚は揺るがないから。

僕としては、母さんの墓参りとか法要ができればよかったし、そのへんは充留がちゃんとやってくれるって言ってた。三回忌は二人でやろうねって約束もした。

充留にとっても母親なんだしね。どうも彼のなかには、僕が羨ましいって気持ちもあるみたいだ。すごく母さんの話を聞きたがったから、アルバム捲《めく》りながら母さんの話をいっぱいした。

で、今朝早めに僕はアパートを出てきたんだ。充留は今日の八時から仕事だし、一緒に家を出るわけにはいかないからね。

充留の心配はあんまりしてなかった。彼なら僕よりずっと上手くやれると思う。

問題は僕のほうだ。

充留の……じゃなくて篠塚悠の家は、想像以上のお金持ちらしかった。お手伝いさんならともかく、家に執事みたいな人がいるってどうなんだろう。実際は息子たち専用の運転手兼教育係兼お目付け役らしいけど、「簡単に言えば執事っぽい」人らしい。

そもそも専用の運転手ってなに。って思いながら、教えられた住所にタクシーで乗り付けて、唖然《あぜん》とした。

暑さも忘れるくらい、びっくりした。いや、この暑さ自体に最初は驚いてたんだけどね。知識としては知ってたけど、体感してびっくり。

でもいまの驚きと比べたら大したことなかった。

都内の、たぶん結構いい場所らしいのに、門から家がよく見えない。塀は高いし門も同じくらいで、途中に木が生えていたりして。

観音開きの大きな門の脇に、人が出入りする専用の門がある。教えられた通りに解錠して、ドキドキしながら敷地に入った。今日からここが僕の家だし、誰に咎《とが》められるはずもないんだけど、やっぱり気分は人の家に忍び込んでいるような感じ。

無駄に広い前庭を突っ切り、車寄せのある玄関からなかに入る。

「う……涼しい……」

なかはエアコンが効いていて、冷やされた空気にほっとした。東京、暑すぎる。避暑地で生まれ育った僕には地獄だよ。

っていうか、ここって家じゃなくて、お屋敷って言ったほうが正しいよね。ものすごい豪邸。雑誌やテレビで見た洋館とか、水里にあるプチホテルとか、こんな感じだった。

家のなかも、外からの印象を裏切らない造りで溜め息が出そう。玄関というか、エントランスというか、とにかく入ったらホールみたいになってるし。しかも土足OKって、ここ日本だよね？

聞いてない。ここまで一般基準からかけ離れてるなんて聞いてない。充留は言い忘れたのかな、それとも彼にとっては当たり前すぎて言う言わないの問題じゃなかったのかな。

こんなすごい家の長男だったのに、彼は未練なんてまったくないらしかった。ここは彼にとって、自分の居場所じゃなかったらしい。

気持ちはわかるけど、だからってここが僕にとって「自分の居場所」になるかどうかは自信がなかった。

充留は家族の誰とも上手くいってなかったと言ってたし。あと執事の人とも。

実際に新しい自分での生活が始まれば、いろいろと齟齬《そご》が出てくるはずで、そこは空白の二日間を理由に押し切ろうということになっていた。

急に予定を変更してできた空白の二日間に、なにかがあった……ことにすればいいや、と充留が言ってた。なにかあったはずだけど「よく覚えていない」もしくは「言いたくない」で行けと。

ゴリ押しもいいとこだ。

緊張しながら二階へ行こうとすると、物音に気付いて男の人が出てきた。

出た！　一番警戒しなきゃいけないと言われてる人だ、間違いない。聞いていた特徴にぴったり当てはまる。

身長は軽く百八十を超えてて、年は三十代前半。メタルフレームの眼鏡の、インテリっぽい雰囲気のイケメン――。

充留はイケメンなんて言ってたけど、そんな大量生産されてるお手軽なものじゃない。僕が見たなかで一、二を争うくらいの相当な男前だ。美形といってもいいくらい。

整った顔は冷たく僕を見下ろした。充留から聞いている通り、彼は僕が――悠のことが嫌いらしい。

顔を見たのは一瞬で、すぐに下を向いてしまった。怖くて、とてもじゃないけど目をあわせていられない。

この人は、夏木昌弘《なつきまさひろ》さん、で間違いないと思う。年は正確には三十二歳。いまは悠と弟の二人の世話係のようなものだけど、将来的に父親が跡を任せると決めたほうの側近になる人だと聞いた。

「おかえりなさい」

予想通りの声に、竦《すく》み上がりそうになった。態度と一緒で冷たくて、どこか刺々《とげとげ》しくて、ものすごく怖かった。怒ってるわけじゃなくて、本当にただ冷たいんだ。

「た……ただいま、です……」

下を向いたままぼそりと言って、夏木さんの横を通り抜ける。急いで自分の部屋に逃げ込みたい。あんまり長く話して不審がられても困るし、なによりとにかく逃げたい。

「二日も延長とは、よほど楽しい合宿だったようですね」

緩く曲がってる階段を上がろうとすると、呆《あき》れたような声がした。

そう、水里に充留が来てた理由は一応合宿らしい。充留から聞いたときはてっきり運動系のクラブかサークルなんだと思ったのに、別にそういうことじゃないんだって。サークルの目的は集まって遊ぶというだけのもので、今回も水里では釣りをしたりブルーベリー狩りをしたりドライブをしたり観光したりと、本当にただ遊んでいただけらしい。

足を止めて、でも夏木さんの顔は見ないようにして、なるべく堂々として見えるように声を張ることにした。

「……うん、楽しかったよ」

さっきはとっさに出てしまったけど、夏木さんにはタメ口で、と言われていたのを思い出した。さっきの、不自然に思われないといいなぁ。

ああ、視線が痛い。見なくても、夏木さんが僕をじっと観察しているのがわかる。

急いで階段を駆け上がって、上がるとすぐに右に折れた。確か突きあたりが僕の部屋だったはず。

部屋に飛び込んで、大きな溜め息をついた。

緊張した。ものすごく緊張した。まさか家に入ってすぐ、夏木さんと会ってしまうなんて思わなかった。

「怖かった……」

やましいところがあるせいなのか、夏木さんは羽島主任より怖いと思った。慇懃無礼《いんぎんぶれい》とは聞いてたけど、怖いなんて聞いてない。

もしかして充留は怖くなかったのかもしれないけど。

とにかく夏木さんについては「距離を置くこと」と、「自分からは近づいていかないこと」

を約束させられてる。もしなにかあったら……つまり不審がられて追及されたら、「仕事以外で自分にかまうな、近づくな」とでも言えと助言された。

充留はあえて黙っていたようだけど、たぶんなにかあったんじゃないかな。夏木さんの話をするときは、ほかの誰とも様子が違ってたから。

好かれてないんだろうな、とは思ってる。夏木さんは篠塚夫人——正妻とは従姉弟《いとこ》に当たる人らしいから、どうしたって向こうサイドに立った見方になるだろう。愛人の子——自分の従姉《いとこ》を苦しめた子が気に入らないのは仕方ない。

持って帰ってきたバッグを置いて、机に突っ伏した。机って言っても格好いいライティングデスクで、部屋のインテリアには統一感がある。広さだって、この部屋だけで今朝までいたアパートのあの部屋全体より確実に広い。

「別世界……」

あらためて見まわして、そう思った。

家はとんでもなく大きいし、庭だって広い。お手伝いさんは男女一人ずついて、二人は夫婦で住み込みだ。夏木さんもそう。あと、通いのコックさんまでいるらしい。

僕の常識では考えられない……。

でもこの部屋は、かなりシンプルかな。ベッドとライティングデスクと椅子、お茶を飲むかなにかするための小さい丸テーブルとセットの椅子が一つ。もちろんベッドはダブルなんだけど、部屋自体が大きいから空間は有り余っている。

壁にはアート系の写真パネル。でも正直言って、この家や部屋の内装にはあってないから、きっと充留の趣味なんだろう。僕だったら、風景画を飾りたい。水里の風景とか、すごくあいそう。

「とんでもないとこ来ちゃったかも……」

環境が違いすぎて、もうどうしていいのかわからなかった。バッグからスケッチブックを出して、そこに必死で書き留めた情報と注意事項を読んだけど、とても上手くやれる気がしなかった。

実業家の父親は、ほとんど家に帰ってこないらしい。篠塚家の資産は相当なもので、不動産やら有価証券やらを運用して——充留曰く転がして、かなりの利益を手にしてるのに、さらに父親は会社を作っては軌道に乗せていくのが楽しくてしょうがない人らしい。

篠塚夫人——僕にとっての継母《ままはは》は身体が弱くて、いまは実家が持つ別荘で療養中だからここにはいないはず。充留が言うにはとてもいい人だけど、ここ何年もまともに口をきいてないそうだ。外で産ませた子供を長男として家に入れてしまったのに、夫人は悠にきつく当たることはなかったらしい。それどころか、本当は悠のことを愛せないでいるのに、弟と同じように分け隔てなく接しようとしているのが、痛々しくてたまらなかったと聞いてる。だからなるべく会わないようにしてたんだって。

弟は単純に悠のことが嫌いみたいで、会うたびに嫌みとか皮肉を言ってくるらしい。でもスルーすればいいとかなんとか。

三人ともあんまり接触がないから、僕が多少変でも気にもしないだろうって言われた。家族がそれでいいのかって思うけど、いまの僕にはありがたい。

とにかく一番警戒しなきゃいけないのは夏木さんだ。お目付け役ってことで、一番話す機会も多いし。

あと、高校の友達はOKらしい。中学が一緒で、高校から別になった親友がいたけど、仲違いしちゃったし、いまは留学してるから、まず問題はないはず。でももし来たら、適当によろしくって言われてしまった。

もう一つ注意しなきゃいけないのが、実は水里に一緒に行った友達——男友達のほうっていうのは意外だった。一緒に旅行しちゃうくらいなのに、要注意ってどういうこと？　充留はわかってて付きあってたから大丈夫だったけど、僕だと問題があるって……。悪い友達というか、僕には間違いなくあわないタイプらしいんだよね。真剣な顔でなるべく関わるなとまで言われてしまったから、一応その通りにするつもりだけど。

「うーん……」

友達はともかく、家族とは仲よくしたい。父親にはさすがに反発心があるし、継母はいないからどうしようもないけど、せめて弟だけでも関係改善できないかな。せっかく血の繋がった兄弟なんだし。

つらつらと考えていたら、ドアをノックされた。

せっかく緩んだ緊張が、一気に戻ってくる。誰だろう、お手伝いさんかな。聞いてる特徴だけでわかるかな。写真があればよかったんだけど、充留もさすがに持ってなかったから仕方ない。

女性は住み込みのお手伝いさんで、五十歳くらいで小柄な人。その旦那さんも同じ年くらいで、僕と身長は変わらない。コックさんは四十歳くらいで口ひげがあって恰幅《かっぷく》のいい人。よし、大丈夫。

復習をしてから、スケッチブックは引き出しにしまった。

返事はしなくてもいいらしい。ドアが厚くて、思い切り声を張らなきゃ聞こえないから、最初からしないのがこの家のルールというか慣例だとか。その代わり、入って欲しくないときは施錠する。開いているときは、ノックしたあと入っていいってことみたい。

ドアが開いて、入ってきたのは夏木さんだった。

「失礼します。少しお時間をいただきます」

うわっ、と思ったし、たぶん顔にも出たはずだけど、夏木さんはなにも言わなかった。ドアを閉めると、僕がいいともだめだとも言わないうちに、部屋の真ん中まで来た。

そういえば「いただけますか」じゃなくて「いただきます」って言ってた。僕の返事は必要ないってことか。なんか怖い。

「……座って……いいよ」

言葉遣いを意識すると、やたらとゆっくりしたしゃべり方になってしまう。おまけに緊張してるから、身体に変な力が入ってる。

顔は上げられなかった。目を見たら絶対にしゃべれなくなるだろう。

夏木さんは僕の言うことをスルーして、その場に立ったまま言った。

「急に日程を変えられた理由を、聞かせてください」

「え……それはさっき、言ったよね……？」

半分振り返るような形で答えると、夏木さんはくすりと笑った。

「皮肉を流すのが上手くなったのかと思ってたんですが、違いましたね。ただ通じていなかっただけのようだ」

あれ皮肉だったのか。そういえば、充留が夏木さんは慇懃無礼だって言ってたっけ。皮肉に気付かないでまともに答えたなんて、ちょっと恥ずかしい。

けど、そんな悠長なことは言っていられなくなった。

「それで、一体なにがあったんですか」

「別に……なにも。思ってたよりいいとこだったし、こっちは暑いから帰りたくなくなっただけだよ」

「確かに連日、暑いですがね……それだけが理由ですか？　そもそも、全員で延泊なさったんですか？　確か十人で行かれましたよね？」

「残ったのは、僕一人だけど」

「おや、避暑地でお一人ですか。どちらにお泊まりに？　よく急に取れましたね」

「駅前のビジネスホテルがあったから。シングルは普通に空いてたよ。二十日過ぎると、難しいみたいだけど」

これは地元の人間として知っていたことだ。〈はしまや〉から二百メートルくらいのところに、母体を同じくするビジネスホテルがあって、そこのマネージャーさんと戸塚さんはわりと親しくしてる。

齟齬はないはずだった。

「お一人でなにを？」

「別に……散歩したり、カフェでお茶飲んだり……ぼーっとしてただけだよ。目的があったわけじゃないし」

最初のほうで答えたことは、あらかじめ充留が用意してくれたものだった。

なんだかおかしい気がする。少しは嫌みまじりに聞かれるだろうってことだったけど、これって少しなのかな。まだ全然帰る様子ないんだけど……。

「本当にお一人で？」

「な……んで、そんなこと聞くの」

「いえ、ただの確認です。あまりよろしくないお付きあいのためだと、後々困りますのでね。あなたは一応、篠塚家の長男なんですから」

「………」

「みっともなくも留年したわけですし、これ以上見苦しい真似は慎んでいただかないと。いいですね？」

なんかすごい言われよう……一応とかみっともないとか見苦しいとか。確かに充留が言ってた通り、嫌われてるみたいだ。言葉のチョイスに悪意を感じる。

「今回のことは旦那さまには報告しませんので、今後はきちんと自覚を持って、相応しい振る舞いをするようにお願いします」

「……はい」

下手に逆らわないほうがいいだろうと思ったし、反論する気力もない。だってこの人、本当に怖い。羽島さんも僕のことが嫌いだったみたいだけど、あの人は必要以上に僕と話したがらなかったから、まだよかったんだ。注意されるとしても、僕がミスしたり至らなかったりするときだけだし、たまにしか会わなかったし。

でも夏木さんは同じ家に住んでる。ひょっとしてこれから毎日こんな調子なのかな。だとしたら、つらすぎる……。

「ところで、いつからご自分のことを自然に『僕』とおっしゃられるように？」

「……え？」

「言葉遣いが急に丁寧になりましたね。あれほど直そうとしても、直してくださらなかったのに」

「あ……」

さぁっと血の気が引いた。タメ口のほかにも、一人称代名詞について注意しなければいけなかったのに。

やっぱり疑われてる。会ってまだ数十分しかたってないのに、もうおかしいと思われてしまった。

なにを言ったらいいのかわからない。対人スキルが低い僕に、こんなとっさの対応なんてできるはずがなかった。

近づいてきた夏木さんにビクビクしていたら、いきなり頭を撫でられた。びっくりして、思わず顔を上げてしまう。

てっきりさっきと同じ冷たい蔑むような目をしていると思ったのに、そこにあるのは意外なほど優しい目だった。

「まぁ、非常によろしい変化ですので、ぜひそのままで」

髪を撫でていた手が、頬に下りてくる。でも僕は固まったままだ。さっきまでの恐怖はま

だ抜けていないし、いきなりのことに驚いているしで、身体はまったく動かなかった。

いくら微笑まれたって、すぐに解凍なんてされるはずがない。

くすっと笑って、夏木さんは僕を抱きしめて、ぽんぽんと背中を叩《たた》いた。まるで小さな子供を宥《なだ》めるみたいに。

え、え？　なにこれ。この人、こういうタイプなの？　充留はそんなこと言ってなかったよ。とにかく冷たくてきつくて嫌われてるって。それにこの急な変化はなにごと？　さっきまで、怖かったよね？

「お疲れのようですから、昼食はこちらにお持ちしましょう」

そう言って夏木さんは部屋を出て行った。

どっと疲れて、またデスクに突っ伏した。こんなに緊張したのは久しぶりだ。初出勤のとき以来かもしれない。

「……意外と優しい……かも？　んん？」

聞いてた話とちょっと違ってた。そりゃ怖かったし、自分で皮肉を言ったと堂々と宣言してたけど、それだけじゃない感じ。もしかして夏木さんのこと嫌いなのは充留のほうで、悪い意味でフィルターがかかってたんじゃないのかな。

ふう、と息をついて立ち上がる。クローゼットを開くと、服がたくさん入ってた。正直、僕は着ないだろうなっていう色とかデザインの服もあるから、近いうちにこっそり充留に送ってしまおう。ダメージジーンズ（いっぱい穴あき！）とか、ちょっと僕にはハードルが高くて無理だ。

別のドアを開けるとシャワールームで、もう一つはトイレ。

うん、なんかもうここはホテルですかって感じ。バスルームも一階と二階に一つずつあるっていうしね。

ほんとに、充留平気なのかな。ワンルームのアパートだよ。ユニットバスだよ。料理できるの？　もしかしたら自分でお茶入れたこともないんじゃ……？

心配で電話したくなったけど、約束だからがまんした。最低でも一週間くらいは連絡を取りあわないようにしようって決めたんだ。するときは、どうしようもない事態に陥ったとき、助けを求めたいときって。

バッグからスマートフォンを取り出して、そのままベッドにごろんと横になった。

寝心地が全然違う。こういうのって、やっぱり値段に比例するものなのかな。シーツの肌触りもすごくいい。

天井も高いなぁ。ほんとに、いちいち違う。

「スマフォの練習しよ……」

いままで普通の携帯電話だったから、まだ使い方に慣れない。昨日、教わりながら練習したんだけど、いろいろ機能がありすぎてついていけなかった。

とりあえずメールと地図が使えればいいや。溜め息をついてスマフォを枕元に置いて、目を閉じた。

あんまり寝てないから、実はちょっと眠い。だって時間が限られてると思うから、なるべく寝ないでいろいろ話したりしてたんだ。いまごろ充留は大変だろうな……僕はベッドでゴロゴロしていられるけど、彼は働かなきゃいけないんだし。

「充留……」

今朝別れたばかりなのに、もう会いたくなってる……。仕方ないか。いくら感覚的にしっくりきてても、心細さはどうしようもないから。

自然と溜め息が出た。

適度に効いた空調と寝心地のいいベッドのせいで、それから間もなく僕は眠ってしまったらしい。

目が覚めてぼんやりとしているときに、寝てたことに気がついたんだ。そしたら誰かに髪を撫でられていて、気持ちいいなって思いながら、また寝たくなった。

「本当にお疲れだったようですね。まぁ顔色からして、そうだろうとは思っていましたが。具合はどうですか」

「……あ、れ……？」

ぼんやりと目を開けたら、目の前に——というか、すぐそばに男の人がいた。ああ、撫でてたのはこの人か。

「もう少し眠りますか？　起きられるようでしたら、昼食をお持ちしますが」

「……おはようございます……」

とりあえず挨拶したら、目を細めて笑われた。それから背中に手がまわって、わりと軽く抱き起こされる。

ベッドに寝転がってそのまま寝ちゃったはずなんだけど、いまの僕はちゃんとベッドのなかにいた。薄い肌掛けがかかってた。

肌触りのよすぎる寝具に触れた途端、僕はここがどこだか思い出した。思わず小さく息を呑《の》んでしまった。

「なっ、夏木さん、なんで……っ」

「一度様子を見にきたらお休みでしたので、ベッドに入れてさしあげました。ちょうど三時間ですね。そろそろかと、起こしにきたんです」

「そ……そう、ですか。あの……すみません、なんか……」

「謝罪の必要はありません。でも……そうですね、礼の一つでも言ってくださったら、嬉しいですかね」

「あ、えと……ありがとうございました」

ついでに、というか条件反射で頭を下げると、夏木さんはすごく楽しそうに目を細めた。

だんだん頭がはっきりとしてくる。起きてしばらくはぼーっとしていることが多いから、いまもようやく頭のなかがクリアになってきた感じ。

「昼食を持ってきます」

「あ……はい」

夏木さんが出て行ってから、言葉遣いのことをすっかり忘れてたと気がついた。うん、やっぱり年上の人に、それも十以上離れた人にタメ口は厳しい。充留はタメ口で、しかも夏木って呼び捨てにしてたっていうから、これって慣れなのかな。ああもう呼び方に関しては手遅れって気がする。夏木さんって呼んじゃったし。

もういいや。さっき褒められたことだし、このまま行こう。言葉遣いはなるべくタメ口を目指す方向で。

しばらくしてノックが聞こえて、夏木さんがワゴンを押しながら入ってきた。いくつかの皿と、お茶のセット。丸テーブルに僕のランチがセッティングされていく。

温野菜と二種類のソース、トマトのリゾットには生ハムが載ってる。水里のレストランで出るランチみたいだ。食べたことはないけど。

「どうぞ」

椅子を引いて夏木さんが待ってる。そんなことされたことないから、その場から動けなくなってしまった。これがこの家のスタンダードなんだろうか。

動かない僕に焦《じ》れたのか、夏木さんが近づいてきて僕の腰に手をまわした。
え、なんで腰……この手、なに……。
エスコートされてるみたいな感じで椅子まで案内された。夏木さんは当然って顔している
けど、そういうものだっけ？
よくわからない。僕が知らないだけで、こういうものなのかもしれない。夏木さんは冗談
言ったりふざけたりしないタイプらしいし、真顔だし。
しかも僕が食べ始めても、出て行かない。テーブルの脇に立ってるんだけど。
こんなの無理です。誰かにじっと見られながら、一人で食べるなんて、苦行としか思えな
い。せっかく美味しいだろうに味がよくわからない。
でもきっとこれが普通なんだ。充留がなにも言わなかったのは、彼にとって当たり前のこ
とだったからなんだろう。
リゾットを口に運び、合間に温野菜をソースに付けて必死で食べた。
クセのあるソースはあんまり好みじゃなかったから、もう一つのさっぱりしたほうばかり
付けて食べてたら、夏木さんは不思議そうな顔をした。
「どうしました、バーニャカウダソースがお好きでしたよね？」
ぎくりとして、少しフォークの先が震えてしまった。そうだ、コックさんは充留の好きな
ものを作ってくれているんだから、急に食べなくなったり嫌いになったら不自然なんだ。

「え……あの、気分で……」

「そうですか」

やけにあっさり引き下がって、それからはお茶を入れたりしながら、じっと僕が食べるところを見ていた。

緊張するけど、たぶん問題はない。食事のマナーについては母さんにうるさいほど躾《しつ》けられていたから、そんなひどくないはず。どこに出しても恥ずかしくないように、って言って、狭いアパートのテーブルでナイフとフォークを使って食べさせられたこともあったくらいだ。もしかすると母さんは、いつか僕が父親に迎え入れられてもいいように、って考えていたのかもしれない。

「ごちそうさまでした」

なんとか完食してスプーンを置くと、ティーカップを残して夏木さんが食器を下げた。そのままいなくなるかと思ったら当たり前のように戻ってきて、もとの位置に立った。

「ところで、先ほどの続きをよろしいですか?」

やっぱり疑われているのか、話を蒸し返されてしまった。

「もう話すことはないけど……」

「できたんですよ。先ほど、水里駅前のビジネスホテルに電話をかけました。あなたの名前で、忘れものをしたので着払いで送ってほしいと言ってみたんですが……あなたが宿泊した事実はないということがわかりました。少なくとも篠塚悠の名前ではね」

「っ……」

一瞬で顔が引きつった。まさか電話までして確認するなんて、思ってもみなかった。充留だって、夏木さんは基本的に悠のことなんてどうでもいいから深く追及しない、って断言してたのに。

「さて、もう一度伺いましょうか。どちらにお泊まりだったんですか？　それとも偽名を使われたんですか？」

背中を冷や汗が伝いそうだった。実際そんなことはないんだけど、気分的に。

落ち着け、篠塚悠。自分のものになった名前を心のなかで呟くと、少し気分が落ち着いた。たとえ不信感を抱かれても、まさか入れ替わったなんて非現実的なことを考えつくはずがない。「言いたくない」では引き下がってくれそうもないから、ここは「覚えていない」を繰り返すしかなさそうだ。

これだってかなり不自然だけど、「中身が入れ替わった」よりはまだ現実的なはず。

「……覚えてない」

「は？」

「一昨日の夕方から、今朝までのことを、よく覚えてないんだ。気がついたら、水里駅だったし。だから、答えられない」

いた。

「そんなの、覚えてないんだからわからないよ」

ここで病院にでも連れて行かれたとしても、行ったところでなにも出てこない。心配なのは調査が入ることだったが、無事に僕が戻っている以上は、それもないはずと充留は言っていた。

なんとなく、充留の「はず」「だろう」は信憑性《しんぴょうせい》薄くなってきてるけど。

そう思った途端に、ぐいっと顎をすくい上げられた。夏木さんが屈みこむようにして顔を近づけてきたから、わりと近くで視線がぶつかることになってしまった。

慌てて目を逸《そ》らした。

「では、どこにいたのか、誰といたのか、なにをしていたのか……いずれも不明ということですね?」

「……うん」

「事件に巻き込まれたということですかね」

「違う」

「覚えていないんでしょう?」

じわじわと追い詰められているような気分になる。逃げ道がどんどん狭まって、ひたひたと後ろから足音が近づいてくる感じ。気分はホラーだ。

「どこか痛むところは？」

「ないです」

「確かに見えるところに外傷はないようです。なのに記憶がないとは……なにか精神的なショックを受けた可能性がありますね」

「え、いえそんなことは……」

「覚えていないという人に言われても、説得力がありませんよ。やはり、確認したほうがよさそうですね」

「必要ないです……っ」

現地に人をやられてはたまらない。足取りを調べようと思ったら当然聞き込みくらいするだろう。きっと篠塚悠の写真を持って、駅前の店にだって行くかもしれない。いや、絶対に行く。そうしたらそっくりな人間がいることがバレてしまう。

それとも、いっそバレてしまったほうがいいんだろうか。それで充留の存在がバレたとしても、入れ替わりにさえ気付かなければ問題にはならないかもしれない。

「必要かどうかは、わたしが判断します」

考えごとをしているうちに、身体が宙に浮いていた。ひょいと僕を横抱きに——つまりお姫さま抱っこした夏木さんは、そのままベッドまで移動する。

唖然としていたら、ベッドに下ろされて、穿《は》いてたパンツに手をかけられていた。

「なっ、なに……」

「確認です。見えないところに、傷がないかどうか」

「ありませんっ！」

「自分で確かめないと、気がすまないもので。それに、どうもあなたの言うことは、あやふやですから」

つまりなにを言っても信用してくれないということだろうか。いや、本当のことはほとんど言ってないから、仕方ないいんだけど。

「待っ……」

「暴れないでください。でないと、押さえつけますよ」

最初に会ったときのような冷たい表情と声で言われて、身が竦んだ。その隙に下着ごとパンツを下げられ、しかもカットソーをぐいっと胸元までまくり上げられた。

パニックを起こしている僕をよそに、夏木さんは眉一つ動かしてなかった。

なんで僕、脱がされてるの？　傷を調べるって、こういうこと？　そうだ、きっとこれはあれだ。医者の前で裸になっているようなものなんだ。だから恥ずかしいなんて思う必要はない。うん、そうだ。そうに違いない。

「とりあえず、痕はないですね。残るは……」

ぐるんと身体を返されて俯《うつぶ》せにさせられた。その状態で腰——というかお尻を上げさせられて、恥ずかしさに頭がくらくらしてくる。自分でも見たことがないところを、見られてしまってるんだから。

逃げようとしたら、それ以上の力で押さえつけられた。

「じっとしててください。レイプされていないか、確認します」

「……は？」

「記憶になくても、多少の痕跡はあるかもしれませんし」

いま、なんて？　レイプって言った？　意味がわからない……なんで、二日ばかり記憶がないって言っただけで、そうなるの？　しかも男なのに。

「おかしなことですか？」

「だ、だって、男……」

「いまさらそれを言いますか」

夏木さんがふっと笑った直後、とんでもないところになにかが触れた。

「やっ」

びくっと全身が震えてしまったのは仕方ないと思う。だってそこは、他人が触っていいところじゃない。

見なくてもいまのが夏木さんの指だってことはわかった。

「男でもレイプはされますよ。法律上、強姦罪《ごうかんざい》は適用されませんけどね。この可愛らしい孔《あな》を犯せばいいわけですから」

濡れた指らしきものが、僕のそこを何度も撫でる。喉の奥からは引きつったような声しか出ない。

夏木さんに言われたことなんて、ほとんど頭に入ってこなかった。

どうしても身体が動かなかった。蛇に睨《にら》まれた蛙って、きっとこんな感じなんだ。視線をあわせなくても、夏木さんはその存在と声だけで僕の動きを封じてしまう。

「ひ……や、だっ……」

指がゆっくり入ってくる。痛くはないけど気持ち悪かった。そんなところに指を入れて、ぐちゅぐちゅ音を立てながら動かすなんて信じられない。

いやだ、なにこれ。なんでこんなことされなきゃいけないいんだ。

「ああ、もしかして、これも忘れてしまったんですか？　でしたら教えてさしあげないとね。自覚がないままでは、今後問題が起きそうですから」

覆い被さるみたいにして耳元で囁《ささや》いて、夏木さんは指を引き抜いた。

ほっとしたのもつかの間、また仰向けにさせられて、両腕をまとめて頭上に縫い止められてしまった。

目があうと、夏木さんは空いた手で眼鏡を外した。

印象ががらりと変わる。硬質で冷たい印象が、どこか大人の色気を感じさせるものになっていた。

「ご自分が、同性から性的対象として見られかねない……ということを、よく自覚しておいてください」

「は……放してっ……」

もう自分を作ってなんかいられない。懇願でも泣き落としでもするつもりで、なんとかこの状態から抜け出そうとあがいた。

夏木さんにはまったく通用しなかったけど。

「まぁ、大丈夫そうですね。ここを使ったようには思えませんし」

また後ろを撫でられて、ひっと喉の奥で悲鳴を上げてしまった。触られると、なんだか変な感じがして、じっとしていられなくなる。

じわっと涙が浮かんだ。

「可愛らしいですね」

「も、もういいでしょ……っ？　大丈夫だって言うなら、放して。それで、もう僕に近づかないでください……っ」

「無理なことをおっしゃいますね。そもそも仕事ですし、そうでなくてもあなたには近づきますよ」

「やだ、放せってば……！」

怒鳴ったことなんて記憶してる限りでなかったし、人を睨んだことだってなかった。でもそれくらい、必死だった。

力の差は圧倒的で、もがいても暴れてもびくともしない。自分が貧弱なのはわかってたけど、ここまでとは思わなかった。いくら体格が全然違うとはいっても、たった一人を相手に、ここまで押さえ込まれちゃうなんて……。

必死な僕を見て、くすっと笑うくらいの余裕が夏木さんにはあった。それが余計に僕を焦らせた。

「その反応は心外ですね。自分から誘って何度も抱かれてきたくせに、わたしからだと逃げるんですか？」

「え……」

「まさか、それも忘れてしまったなんて言いませんよね？　わたしとのセックスは好きだと言っていたでしょう？」

セックス……って、嘘……夏木さんって、まさか恋人……？　でも充留はそんなこと、一言も……それどころか、近づくなとか距離置けって……。あ、そうか別れたのかな。だから夏木さんのことになると微妙な雰囲気だったのかも。本当のことを言わなかったのは、きっと言えなかったんだろう。嫌われてるとか嫌み言われるっていうのは、ちゃんと終わってないせいなんじゃ……？

あれ、そうなると、この状態って……？

「なにを考えてるんですか？」

のしかかられて、ぎりぎり焦点があうくらいの近さで微笑まれた。美形すぎていたたまれない気持ちになる。

夏木さんはまだ充留が好きなのかもしれない。充留は別れたつもりでいるけど、夏木さんとしては終わってなくて……。

そうだ、たぶんそう。だって夏木さん、優しいとこもあったし。髪撫でたり抱きしめたりしたのも、恋人だと思ってるからなんだ。

なんで充留はこんな状態のまま、僕に丸投げしちゃうかな。もっとちゃんと説明しておいて欲しかった。

とにかく中身は僕なんだから、元の鞘《さや》に収まっちゃだめだ。

「も、もうこういうのは、なしで……っ」

「なぜ？　気持ちいいことは、好きなんでしょう？」

夏木さんがしゅるっとネクタイをはずして、シャツのボタンを二つ、三つと外すのを、僕はただ眺めていた。止めなきゃいけないのに、逃げなきゃいけないのに、あまりにも絵になってたから見とれてしまった。

「で……でも僕たちは終わ……ひ、ぁっ」

剝《む》き出しのモノをするっと撫でられて、のけぞるほど感じてしまった。

「終わるもなにも、始まってもいませんでしたし。ちょうどいいので、いまから始めてみましょうか。抵抗したいなら、どうぞ。その代わり、あんまりうるさいようでしたら、縛りますので」

言っている意味がよくわからなかった。困惑しているうちに、脇腹をするっと撫でられて、また声が出た。

くすぐったいような、ちょっと違うような、変な感じだった。

「いやだっ……」

思い出したようにもがいていたら、カットソーをたくし上げられてあらわになってた胸のとこを吸われた。

「やっ、なに……して……」

夏木さんは吸ったり舐《な》めたり、僕がいやがるのを無視して遊んでる。じんわりと、得体の知れない感覚が身体の深いところから這《は》い上がってきた。

すっかり尖《とが》ったそれを舌先で押し潰されて、軽く歯を立てられた。

「っぁ……」

びくん、って電流でも当てられたみたいになって、勝手に声が出る。自分の声だなんて思えないような、変な声——。

一度そんなふうになったら、あとはもう舐められたり吸われたりするだけで、声が止まらなくなった。

気持ちいい。いままで意識もしてなかった場所なのに、いまは全部の神経が集まってしまったみたいだった。

今度は反対側の胸も同じようにいじられる。やっぱりそこも気持ちよくて、どんどん身体に力が入らなくなっていく。

撫でるようにして身体を滑る手が、脇腹とか腿《もも》とか腰を触ってて、どういうわけかそれも気持ちよかった。

どうしちゃったんだろう、僕の身体。なんでこんなことで……。

「ふ、ぁ……っ」

腰骨のところを突かれただけでびくってしてしまう。

違う、僕の身体がどうかしちゃったんじゃない。だってこの身体は、三日前に僕のものになったばかりなんだから、僕が知らなかっただけなんだ。

夏木さんの手が腰から下へ移って、さっきも触った僕の性器に触れる。ゆるゆる扱《しご》かれると、もうたまらなかった。

これは快感だ。夏木さんに触られて、僕は感じてしまってるんだ。

手が自由になったのに、身体に力が入らない。そのくせ、弱いところをいじられたら、びくって勝手に跳ね上がる。

「あ、ぁっ……ん、や……あ……」

女の子にみたいに喘《あえ》いで、気持ちよさに身を捩《よじ》った。胸の愛撫はいつの間にか終わってて、キスがあちこちに落とされる。

そうしてなかば立ち上がったものに、夏木さんは口を付けた。

「やだ……あっ、離し……っ」

舌の感触が生々しい。吸って、舌先が絡んで、根もとの膨らみを転がされたり、指でいじられたり――。

おかしくなりそうだ。自分でした経験だって乏《とぼ》しいのに、こんなの強烈すぎる。頭のなかまでどろどろになってしまう。

またなかに指を入れられて、動かされた。

気持ちいい。気持ち悪い。どっちなんだか、自分でもよくわからなくて、いつの間にかひいひい言いながら泣いてた。

くすりと笑う気配がした。

「可愛らしい」

皮肉には聞こえなかったけど、嬉しくもなかった。なんで二十歳にもなった男が、半裸で身体中いじりまわされて泣いてるのを見て、可愛いなんて言葉が出てくるんだろう。

夏木さんは、おかしい。でも僕のほうがもっとおかしい。お尻がむずむずして、さっきからずっとつらい。指が動くと擦られて、たまらなく気持ちがいい。

ときどき指が止まると、もどかしくてどうしようもなくなる。

「身体は覚えているみたいですね」

そう笑って、夏木さんは腿の内側にキスをした。

腿の裏を押し上げられて、腰がシーツから浮いた。そのまま膝が胸にぴったりつくほど折り曲げられて、ちょっと苦しくなる。嘘みたいに身体が柔らかい。前の僕だったら、こんなの無理だった。

自分の脚のあいだから夏木さんの顔が見えた。視線をあわせたまま、夏木さんは僕のお尻に顔を寄せていく。

「っ……や、め……」

「どうして？　いつもやっていたでしょう」

息がかかって、身が竦む。いま舌を見せたのは絶対にわざとだ。その舌が、ぴちゃりと音を立てて僕の後ろを舐めた。

悲鳴を上げてしまったのは仕方ないと思う。だって絶対にそこは口を付けていいところじゃない。

「いやっ、ぁ……や、だ……やっ……」

じたばた暴れようとしても、こんな不自然な体勢で、しかも上から力を加えられたらどうにもならなかった。

本気で泣いても夏木さんは許してくれない。僕のそこをべちょべちょにして、さんざん舐めて、それから舌先をなかに入れてきた。

いやなのに気持ちいい。差し入れられるたびに、あんあん言いながら喘ぐはめになる。

そのうち指をいくつか入れられて、舌と指の両方でそこを犯された。

「気持ちいいでしょう?」

とっさに首を横に振ってしまった。別に反抗しようなんて思ったわけじゃないけど、いきなりこんなことをされて感じてる自分を認めたくなかったんだ。

でもそれが気に入らなかったらしい。夏木さんは、「そうですか」と少しだけ冷たく言ってから、なかの指をさっきまでとは違う感じに動かした。

「う、あぁっ……!」

わけがわからないうちに、いってしまった。頭のてっぺんまで走り抜けるみたいな快感だった。

はぁはぁ息をしている僕に、夏木さんは容赦なく同じことをする。

身体は勝手に跳ね上がるし、声も止まらない。押さえようとしても、触られるたびにびくびくって、暴れてしまう。

「いやぁ……っ、あっ、あ……！」

気持ちいいのに苦しかった。もうやめてって泣きながら言ってるのに、全然聞いてくれない。

この人、絶対Sだ。だって僕が泣いてるのを見て、すごく嬉しそうな顔した。見間違いなんかじゃない。

「久しぶりですから、もう少し慣らしましょうか。ああ、三本いけますね」

なかの異物感が強くなって、突き上げられる。なかを擦られるのが気持ちいいなんて知らなかった。

ようやく指が抜かれたとき、ちょっと寂しい感じがしたのはきっと気のせいだ。

「もの欲しそうな顔をしてますね」

「違……」

「そんな顔をなさらなくても、いやというほど、さしあげますよ」

優しげに微笑んでるけど、全然安心できない。むしろ怖いし、僕に入れようとしているものを見たら、カタカタと震えてしまった。

「やだっ、無理……そんなの無理……」

「大丈夫ですよ。何回もしてきたでしょう？」

熱くて固いものが当たるのがわかる。身体が竦んだ僕を宥めるように、夏木さんはさっきいったばかりの——でもまた反応しかけている僕のものを手のなかでゆっくりと擦り上げ、同時に少しずつ押し入ってきた。

「ぁう……っ、あ……」

痛いって思ったのは最初だけで、それもあとから考えたらすごい痛みじゃなかった。じりじりと僕のなかを広げて入ってくるものは指よりもずっと大きくて、串刺しにされてるみたいに感じる。でも苦しいはずが、そうは聞こえない声が出た。

信じられない。あんなの無理だと思ったのに、入ってしまった。

「やだ、ぁ……怖い……」

「まるで初めてのような反応ですね。初々しくていい」

正真正銘、僕は初めてなのに、こんなのってない。僕にとってはほぼ初対面の人に、わけもわからず犯されちゃうなんて信じたくない。だってこんなこと、普通だったら一生経験しなくていいことなのに。

涙が止まらない。もっと死にものぐるいで抵抗してたら、逃げられただろうか。いやでも、一緒に住んでるし、水里に逃げてもマズいし、縛るとか言ってたし。

たぶん僕がなにしても結果は変わらなかった気がする。この人に——夏木さんに僕が敵《かな》うわけない気がする。

情けなくて、はらはらとまた涙が落ちた。

涙で濡れたこめかみを、夏木さんの手がそっと触れてきた。

「泣き顔は好きなんですが、そういう顔はちょっと違うんですよ」

困ったような声に、苦笑まじりの顔。少し意外だった。夏木さんは冷たくて、ほんのちょっとだけ優しいのは余裕があるからで、こんな顔はしないと思ってた。

「もっと他愛もないことで半泣きになったり、気持ちがよすぎて泣いてしまったり……そういうのが好きなんですよ。快感に歪《ゆが》んで、涙でぐちゃぐちゃになった顔は、たまらなく興奮させてくれます」

ええと、意味がよくわからない。わかったのは、やっぱり夏木さんがSだったってことくらいだ。

あと、なんかちょっと変態っぽいんだけど、気のせいであって欲しい。

身体が繋がった状態なのに、暢気《のんき》に僕はそんなことを思っていた。でも余裕があったのは、ここまでだった。

「そろそろ泣かせてあげましょうか。あなたの泣き顔が、楽しみです」

夏木さんが腰を引くと、ぞくぞくっと鳥肌が立った。怖いとか気持ち悪いとかではなくて、気持ちがよくてもそうなるんだって知った。

胸を撫でられながら突き上げられて、どうしようもない快感が全身を支配していく。

「あっ、や……ぁん、あん……っ」

なかを擦られるたびに、くずぐずに身体が溶けていく気がする。どこを触られても感じてしまって、悶《もだ》えて喘ぐことしかできない。

「深く突かれるのが、お好きでしたよね」

「ぁああっ……ん、や……ぁ……奥……っ」

身体ごと揺すり上げられるように突かれて、もう言葉らしい言葉はしゃべれなくなった。口を開いたら、全部よがり声になってしまう。

体位はいつの間にか少し変わってて、さっきより深いとこまで届くようになっていた。

夏木さんがなにか言ってるけど、よくわからない。音は聞こえても、意味まで頭に入ってこないんだ。

きゅっと胸を摘まれて、軽くのけぞった。無意識に、というか反射的に夏木さんのものを締め付けたら、それがまた少し大きくなった。

さっき指でされたところを今度は夏木さんのもので攻められて、涙で顔がぐしょぐしょになった。

怖い、でも気持ちいい。よくて、よくて、おかしくなる。

「やぁっ、もう……そこ……や、だぁ……」

「気持ちいい、でしょう?」

耳元で囁かれて、わけがわからないまま頷いた。

「あっ、ん……いい……気持ち、いい……っ」

両方の胸をいじられて、穿《うが》たれて、もうなにがなんだかわからなくなっていく。どんなふうに気持ちいいか、夏木さんに誘導されるまま、いろいろ言った気もする。

追い詰められて、追い上げられて、溶けて形をなくして、ハチミツみたいにどろどろになって――。

「ぁあああっ……！」

激しく突かれて最後に深く貫かれて、僕は濡れた悲鳴を上げていた。

ぶわっと爆発するみたいに、快感の塊が押し寄せてくる感じ。

こんな感覚は知らない。もともと性には疎くて、かなり遅れている僕に、最初からこんなのはきつすぎる。

頭のなかが真っ白、っていうか、フラッシュでも焚《た》かれたみたいに白く塗りつぶされて、切り離されたみたいに身体の感覚だけがリアルに襲ってきた。

夏木さんが僕のなかでいったのまでわかってしまう。注がれるその感触に、ひくんひくんと身体が震えた。

もう指先一つ動かせない。このまま眠ってしまいたかった。

「悠さま」

頬に手の感触がして、まぶたが重たかったけどなんとか持ち上げた。涙で濡れた目だから、あんまりよく見えなかった。

「眠……」

「さっき三時間眠りましたよ」

「でも、眠い」

だから寝かせて欲しい。三時間じゃ全然足りないんだよ。だって充留と二晩一緒にいたけど、睡眠時間なんて合計して五時間くらいなんだ。いくらあっても時間が足りなくて、睡眠時間削ることになっちゃって。それに緊張して精神的にも疲れてたし、いますごく疲れさせられたし。

「でしたら、眠気も飛ぶようなことをしてさしあげますよ。時間はまだありますからね。薫《かおる》さまが帰宅するまでに、わたしの身支度が整えばいいので」

薫って誰だっけ……あ、確か弟だ。って考えてたら、指できゅっと胸を摘まれた。

「んぁ……っ」

なんだかどんどん敏感になっていく。胸と指と舌でいじられて、繋がったところがマズい状態になっていくのがわかってしまう。

「やっ、また……」

「言ったでしょう、いやと言うほど、さしあげますと」

「ひ……っぁ、やだ……抜い、て……っ」

「ああ、いいですねその顔。もっと見たくなる」

心底楽しそうだ、と思ったのはたぶん間違いじゃない。たぶんまた半泣きになってるんだろうな、って思ってたから、夏木さんは喜んでいるんだろう。

夏木さんはまだ力が入らない僕の身体を抱き起こして、抱っこするみたいな格好になった途端、また揺すってきた。

「やぁあっ……！」

いやだ、って何回言っても、やめてくれなかった。むしろ言うほど喜んでた気がする。下からガツガツ突き上げられて、泣きじゃくるほど攻められて、恥ずかしいこともたくさん言わされて——。

途中から記憶は曖昧だ。何回されたかもわからないけど、これだけははっきりしてる。

夏木さんは唇にキスはしなかったし、好きだとか愛してるだとか、そういう告白めいた言葉もいっさい口にしなかったってこと。

起きたら朝だった。

うん、ベッドサイドのデジタル時計もそう言ってる。朝の七時ちょっと前です。ついでに昨日の夕方からの記憶がない。

そして身体中痛い……。筋肉痛だし、なんか足がつったあとみたいな違和感があるし、関節も痛い。

なによりも、人に言えないとこがじくじくする……。いや、痛いのとはまた違うんだけど、違和感のすごいやつみたいな感じ。鈍痛に近いかも。

無理もないと思う。だって昼頃起きて、ご飯食べて、わりとすぐあんなことになって……。弟の薫くんが五時過ぎに帰るから、それまでにシャワーと着替えをすませればいいと言って夏木さんは、ギリギリまで僕と繋がってたんだ。

「ありえない……」

出した声は、掠《かす》れてた。喉がざらざらだ。喘ぎすぎて喉潰すって、これもやっぱりありえないと思う。

ショックが大きくて、なにもしたくなかった。別に傷ついてるわけじゃない。でも、いきなりあんなことを経験しちゃったらショック受けるのは当然だから、ここは自分に甘くなることにした。

あ、ちょっと違うかも。ショックっていうより、気力とかいろいろ根こそぎ持って行かれちゃった感じかな。

だって、あれは僕にとっては初めての行為だったのに問題だらけだった。相手は男だし、されるほうだったし、会ったばかりの人だし、真っ昼間だったし、よくわからないうちにいきなり何回もされちゃうし。

一応ちゃんとわかってる。別の人生にすっと入って続きを始めようというんだから、なにが起こってもしょうがないんだろう。だって篠塚悠として生きていくってことは、それまでの二十年間のすべてを背負っていくってことでもあるんだ。当然いいことも悪いこともあるだろう。

充留の性格でそんなことはないと思うけど、場合によっては恨みだって僕に向く可能性があるんだから。

だから、昨日のあれだって仕方ないんだ。中身が変わったなんて知らないでしちゃったわけだし。

おとといからいろいろありすぎて、もうお腹いっぱいだ。入れ替わりとか、限りなく濃厚な双子疑惑とか。おかげで昨日のことが些細《ささい》なことに思えてきた。

あとは、やっぱり夏木さんの態度だよね。暴力的なことをされなかったっていうのは大きいと思う。痛いのはほんのちょっとだった。たぶん、すごく丁寧にしてくれたんだと思う。ただ延々とやってくれたせいで、身体がつらいだけで。

してる最中は、いろいろ言わされはしたけど、夏木さんが僕にひどい言葉をぶつけることもなかったし。あと、最初から最後まで気持ちよかったし……。

最後のほう、半分落ちかけてた僕をシャワールームまで運んできれいに洗って、パジャマを着せてくれたのも夏木さんだ。フォローもちゃんとしてた。

だからまぁ、夏木さんに対して怖いっていう意識はない。尋問されてたときのほうが、よっぽど怖かったよ。

「充留のこと……好きだったみたいだし……」

正確に言うと、前の悠だ。あれだけ何回もしたり、仕事じゃなくても近づくって言ったのは、やっぱり好きだからだろうし。

でも恋人じゃないことはニュアンスでわかった。なんでか身体の関係はあったみたいだけど、そのへんの事情はわからないままだ。

夏木さんが始めようみたいなこと言ってたのは、恋人になりましょうって意味なのかな。でも告白されてないし、キスだってしてこなかったし……。

「ううん……？」

そういえば充留はどう思ってるんだろう。夏木さんの口ぶりだと、充留のほうから誘っていたみたいだし、もしかして好きなんだろうか。だから僕に近づくなって言ったんだろうか。

自分の好きな人が取られてしまわないように。

それはありな気がしてきた。だとしたら、あの二人は両思い？

あーもう、こんなことなら、もっと広範囲で忘れたことにしてしまえばよかった。そうしたら堂々と、夏木さんに「悠」との関係を聞けたのに。

充留に電話すればいいだけなのはわかってる。いきさつと充留の気持ちを聞いて、夏木さんの言葉を伝えたら――。

だめだ。だってもう僕らは入れ替わってしまったんだから。

「そう……だよ。充留だって、わかっててここを離れたんだし……」

思いを残してないんだろうか。僕は好きな人がいなかったから、わりと積極的に水里を離れたけど、充留は本当のところどうだったんだろう。夏木さんに嫌われてるようなこと言ってたのはなんだったんだろう。誤解してた？　それとも山崎充留として生きていくために、断ち切った？

わからない。なにも知らない僕がいくら考えても無駄だ。

とにかくいまは充留に言わないことにした。まだ二日目だし、助けて欲しいわけでもないし、どうしようもない事態でもないし。

悶々《もんもん》と考えて無理矢理納得していたら、ノックの音が聞こえた。

「あ……」

とっさに目をつぶったのは、心の準備ができてないからだ。ようするに狸《たぬき》寝入りだ。

静かにドアが開いて、人が入ってきた。ゆっくり近づいてくる音が聞こえて、ベッドサイドに誰かが立った。

僕は息をひそめて、目をつぶっていた。肌掛けで鼻のあたりまで隠しているから、見えているのは目だけのはずだし、俯せに近いから目元もあんまり見えないはず。

お願いだから、このまま帰ってください……！

「おはようございます、悠さま」

なにごともなかったみたいな、淡々とした声が聞こえた。やっぱり夏木さんだった。

余計に目を開けられなくなってじっとしていたら、ベッドに座る気配がした。枕元じゃなくて、少し下のほうみたいだ。

もぞ、となにかが入ってきて、脚を撫でられた。

「ひゃぁっ……」

思わず変な声が出た。目を開けたら、夏木さんと視線があって、ふっと笑われてしまった。

馬鹿にされたような感じじゃないけど、おもしろがられたのは間違いない。

だって膝のあたりから腿まで手が這い上がったんだよ？　ぞぞぞ、っとして、昨日の感覚を思い出しちゃったじゃないか。

「な、なにするんですかっ」

「狸寝入りをなさっていたので」

「ど……どうしてわかったんですか……」

「呼吸です。お休み中は、もう少し呼吸がゆっくりですから」

もうどうやっても敵わない気がして、溜め息が出た。仕方なく起き上がったけど、夏木さんの顔を見るのは無理だった。目を開けてすぐに見ちゃったけど、すぐに逸らした。だって昨日の今日で、どんな顔したらいいのかわからないし。

「ああ……痕をつけてしまいましたね。申し訳ありません」

「え……っぁ……」

「キスマークです。気をつけたつもりだったんですが……。隠れるような服のほうがよさそうですね」

夏木さんの指が鎖骨のすぐ下を突《つつ》くから、びくっとしてしまった。ちなみに彼は、朝からビシッとスーツです。

躊躇《ちゅうちょ》なくクローゼットを開けた夏木さんは、さっと服を選び出した。もしかして朝起こしてもらって、着替えを用意してもらうのが普通なのか。お金持ちってわからない。

渡された服はおとなしい服でほっとした。細いボーダーのカットソーで、襟のところが浅くて横に広いタイプだから確かに鎖骨は見えない。下はふくらはぎのあたりまでしかないパンツ。こういうの穿いたことないけど、黙って着よう。

「えっ、と……着替えたいです」

「どうぞ。お手伝いしましょうか？」

「い、いいですっ」

夏木さんが出て行くとか僕が場所を変えるっていう選択肢はないらしい。いまにも手を出してきそうな夏木さんを意識しながら着替えようとして、とんでもない事実に気付いた。

これ、普通のパジャマじゃない。シャツがすごく長くなったやつだった。膝くらいまであるやつ。

そういえばさっき脚に触られたとき、直接の感触だった……。

「あの……」

「なんですか」

「パジャマって、これだけだっけ……？」

「ええ。以前、このタイプでないとだめとおっしゃったでしょう」

「あ……はい。そうですね」

なんでこれがいいのかさっぱりわからないけど、ムキになるほどじゃないから諦めた。夏木さんに背中を向けて、まずパンツを穿いてから、パジャマを脱いでタンクトップとカットソーを着る。

視線を感じて落ち着かなかった。

「ところで朝食はどうされますか？」

「あんまり食欲ないです」

「では、スープとフルーツをお持ちします。今日はゆっくりなさってはどうですか。身体もおつらいでしょうし」

誰のせいだ、っていう突っ込みはやめておいた。なんとなくだけど、言わないほうがいいと思った。

ベッドに座って俯いていると、すっと手を差し出された。

「はい？」

「洗面所に行かれますよね？」

「あ……行く、けど……そういうの、いいです」

小さい子供やどっかの王族じゃないんだから、顔を洗いに行くのにいちいち付き添いはいらないと思うんだ。

差し出された手を取らないで、僕は立ち上がった……つもりだった。

「っ……」

かくんと膝が折れて、うわっと思ったときには夏木さんに抱き留められていた。頭上からくすりと笑い声がした。

顔が熱くなる。いまの状態が恥ずかしいっていうのもあるけど、密着したせいで昨日のことを思い出してしまったせいもあった。

自然と身体が硬くなった。

「やはり無理でしたね。こちらでお待ちください」

最初からわかっていたようなことを言って、夏木さんは僕をベッドに座らせて、すぐ部屋を出て行ってしまった。

地味にショック。歩けないって、どういうこと？　膝が抜けたというか、脚全体に力が入らないというか……。

どう考えても原因は一つだ。

「信じられない……」

次の日に歩けなくなるほどするって普通なんだろうか。もしかして脚のケガが原因？　いや、違う。だって踏み出したの逆のほうだったから関係ない。それとも僕が……というかこの身体が弱いの？

悶々としていると、夏木さんが戻ってきた。ワゴンには洗面器とタオルが載っている。洗面器の中身はぬるま湯だ。

座ったまま顔を洗った。至れり尽くせりだ。

「すみません。いろいろと……」

「いえ、わたしのせいですから」

あ、自覚あるんだ。ちょっと意外だった。

ワゴンを脇へ寄せると、夏木さんは僕の隣に座った。え、なんかそれって変じゃないかな。

だって僕が食事してるときにじっと横に立ってるような人が、なんでベッドに座るの？　あでも、いきなり人を押し倒すような人だった。いまさらか。

なんか手を握られるし。

「まぁ別に反省も後悔もしていませんけどね」

「してないんですかっ？」

それはしようよ、むしろしてください。だって僕、一応夏木さんにとっては主筋《しゅうすじ》っやつですよね？　お目付け役としているんですよね？　なのに押し倒して何時間もやって、次の日歩けなくしといて、反省してないってどういうこと？

唖然とするあまりに、僕は言葉もなく夏木さんを見つめていた。なんだかもう、顔が見られないとか言ってるどころじゃなくなった。

「本当は、男に抱かれた痕跡がないか調べるだけのつもりだったんですが、あなたがあまりに可愛らしいので、あんなことに」

「あ……あんなことに、じゃないですっ」

「気持ちよかったでしょう？」

耳元で囁かれて、ぞくんと背筋が震えた。

なにこの声。息がかかるくらい近くで、こんないい声聞かされたら、なんかもう腰がくだけそう。

絶対いま顔が赤くなってる。鏡なんか見なくてもはっきりわかるよ。だってすごく熱い。

下を向いて赤くなってる僕を見て、夏木さんは「くっ」と笑った。ものすごく意地悪そうな笑い方だったけど、どことなく楽しそうだった。

会ったばかりのときの、あの冷たい態度よりはずっといいかも。

手だけじゃなくて、腰にまで手をまわされてしまって、すっかり距離はゼロになっていた。これ絶対に主従の距離感じゃないよね。

やっぱり悠が好きだったんだろうな。もし僕たちが入れ替わらなかったら、どうなってたんだろう。

夏木さんに本心を聞けばいいのに、どうしてもできなかった。

なぜだかわからないけど、その答えを知りたくないって思ってしまった。

動くに動けなかったあの日から十日たった。

僕は今日も全身がだるい。なんで夏木さんって、毎晩当たり前のように僕のベッドに入ってくるんだろう。部屋の鍵を持ってるから、内側からロックしても開けてくるし。

別に毎日されちゃってるわけじゃない。ないけど、三日のうち二日はされてる……ような気がする。さすがに最初の日みたいに何回も何回もしたりはしないけど、本当に僕を泣かせたくてしょうがないらしくて、泣くまでいじめるし焦らす。

おかげで毎回、心の底から「もうやだ」とか「もう無理」とか言うはめになってる。「もう」ってとこが、そこに至るまでのいろんなことを物語ってるよね。

美味しすぎるご飯を毎日三食しっかり食べて、おやつまで食べてるから、絶対太る……って思ってたのは甘い考えだった……。

絶対、食べた分は消費させられてる。ぐったりして動けなくなったり気絶するのって、さすがに普通じゃない気がする。

ちなみに夏木さんの部屋は僕の隣。一回入れてもらったけど、ここより少し狭くてシャワーとかトイレはなしだった。階段を挟んで反対側に弟と篠塚夫人の部屋があるらしくて、出入りが直接見えないようになってるのも、夏木さんが気軽に出入りする理由だと思う。仮に見られても、呼ばれたとか様子を見に行った、ですむだろうし。

僕たち兄弟の世話以外にも仕事はあるみたいで、夏木さんは結構遅くまで起きてるらしい。大抵僕は先に寝てて、目が覚めると裸に剝かれてあちこち触られてたりする。っていうか、すでに引き返せないような状態になってることがほとんど。なにもしない日は、朝起きると夏木さんに抱えられてる。

慣れちゃった自分が怖い。

ちょっと身体はつらいけど、いやじゃない。えっちも、腕に抱かれて眠るのも。すごく安心するし、気持ちいいんだ。外はともかく、家のなかは快適だから暑いってこともないし。

「溺愛してるよね……」

なんで充留はこれを振り切ったんだろう。あれからいろいろ考えたけど、充留の気持ちはわからなかった。

当然だ。いくら不思議な縁で結ばれてたからって、別の人間なんだし。充留の二十年間を、僕はかいつまんだ話でしか知らないし。

自然と大きな溜め息が出た。さっきからレポートは少しも進んでない。

昼間は毎日、勉強の日々だったりする。部屋にあったテキストとノートを必死で読んで、知らない知識を吸収してる。

だって夏休みが明けたら前期試験だっていうし、二留しないためにも頑張らないといけないんだ。僕が行くことになる大学は、わりと容赦なく落とすところらしくて、ほかの大学だったら再履修ですんでた、って充留は苦笑してた。

一応、高校のときは成績よかったから、一般教養の科目はなんとかなる。試験も去年の取りこぼし分だから少ないし。目下の問題は第二外国語だから、これをクリアしてくれてて本当に助かった。ドイツ語なんて初めて見るよ。

「あとはレポートか……友達は頼れないし……」

勇気を出して連絡してみようかなぁ。でも充留に付きあうなと言われているからやめておこう。夏木さんの例があるから、実はあんまり当てにならないんじゃ……なんて思ったりもするけど。

とにかく試験は英語関係が中心だからいいとして、レポートを書かなくちゃいけないんだ。あとパソコン打つ練習もしなきゃ。

とりあえずは下書きだ。あ、そういえば意外なんだけど、充留のノートは丁寧でわかりやすい。不思議なことに、字も似てるんだよね。僕のほうが字が小さめで、細いかな。やっぱり兄弟ってことなんだろうか。

「あ……そうか、兄弟……」

弟がいるんだった。大学も学部も一緒だっていうし、一緒に勉強できないかなぁ。

ってぼんやり考えてたら、ノックのあと夏木さんが入ってきた。

時計を見たらお茶の時間だった。いつものようにワゴンにはケーキと紅茶が載ってる。今日は桃のタルトだった。

この家は基本がお茶なのかなって思ってたら実はそういうことでもなくて、二日目の夜にはコーヒーを出された。でも僕が無理して飲んでるのがわかったのか、それ以来はずっとお茶だ。和食のときは日本茶だし、中国茶が出ることもある。コーヒーは苦手なんだよね。カフェオレにすれば飲めるし、聞かれたからそう答えたら、二日に一回くらい出るようになった。

よく考えたら、いろいろとやらかしてる。充留はコーヒーも飲めるから夏木さんも普通に出したんだろうし、いきなり苦手そうな顔したら、おかしいって思うのが当然だ。

でも夏木さんはなにも言わない。いろいろ追及したのはここに来た日だけで、そのあとは僕がどれだけ不自然でも突っ込んでこなかった。

逆に怖いです。夏木さん自身は、別にもう怖いって思わないんだけどね。毎日毎日、朝から晩まで――日によっては夜中まで顔つきあわせれば当然かも。人に言えないようなこともたくさんしてるせいか、秘密を共有してるっていう意識もちょっとあるし。

おかげで普通に目を見てしゃべれるようになった。最初の何日かは赤くなってた気もするけど、それはえっちしてるときのことを思い出しちゃったからだ。さすがに十日もたてば慣れてきた。

あ、お手伝いさんやコックさんとも、ちゃんと顔見てしゃべれたよ。隣に夏木さんがいてくれたおかげかな。

それはそうと、まだ家族の誰にも会ってないんだよね。唯一家にいるっていう弟にも会えてない。自分から行くのもなんだなと思うし、そもそも僕が部屋の外にほとんど出ないから、ばったり……っていうのもないいんだ。

「お口にあいませんか？」

はっとして顔を上げたら、夏木さんがじっとこっちを見てた。

四日目くらいから、一緒にお茶とかご飯とか食べるようにしてもらってる。黙って近くに立ってるのも気になるし、一人で食べるのもつまらないから、ダメもとで頼んだら快くOKしてくれたんだ。

誰かと食べるご飯って美味しいよね。すごく久しぶりだから、最初のときはすごくテンションが上がった。

「美味しいよ」

本当にここのコックさんの作るものは、全部美味しい。しかも僕がなにも言わなくても、どんどん好みの味付けとか調理方法に変わってく。夏木さんが僕の食べてるところを見ていろいろと伝えてるんだと思う。

「なにか考えていたでしょう」

「あー……うん、薫……のこと」

「……薫さまが、どうかしましたか？」

ひやっとしたのは気のせいかな。ほんの少しだけど空気というか温度が変わった気がする。久しぶりに怖い。

「え、あの……どうもしないけど、会ったことな……じゃなくて、ええと……最近会ってないなと思って」

危ない危ない、あやうく会ったことないとか言いそうだった。絶対聞こえてたはずだけど、夏木さんはスルーした。

「よくあることでしょう」

「う、うん……そうだよね」

こくこく頷いて、ケーキを食べた。桃が美味しい。ケーキもいいけど、この桃そのものを食べてみたいな。フルーツって、あんまりちゃんと食べたことなかったんだよね。優先順位として、食事系の食材優先だったから。

「夕食のあと、桃をカットしてお持ちしましょうか？」

「う、うん」

びっくりしたけど、これが夏木さんなんだよね。世話係って、すごいなぁ。

「ところでレポートはどうですか」

「えーと、ぼちぼち？」

「なぜ疑問系なんですか。書き上がったら、チェックしますよ。これ以上、恥をばらまくわけにはいきませんからね」

「はい」

留年したのは僕じゃないけど、ここは神妙に頷いておく。反省してますって態度を取っておかないと。

相変わらず夏木さんは慇懃な態度だけど、無礼って感じじゃない。嫌みとか皮肉も言わないし……って、言われてもわかってないだけかもしれない。

「そうそう、今年は分家は来ないそうですから、逃げる必要もないですよ。安心してお盆時期もこちらにいてください」

「……うん」

なんのことだかよくわからないまま頷いておいた。毎年お盆に親戚が来てたのかな。それで、顔つきあわせたくない充留は毎年どっか行っちゃってたのか。旧家だって言ってたから、いろいろ親戚もうるさいんだろうな。正妻の子じゃないからって、風当たりがきついのかもしれない。

「それと、わたしはこのあと出かけますから。夕食に間に合わないようでしたら、先に召し上がってください。瀬沼《せぬま》には言っておきます」

瀬沼さんというのはコックさんの名前だ。夏木さんが忙しいときには、ここまで食事を運んできてくれる。三回くらいあったかな。逆に言えば、それ以外は全部夏木さんだったということだ。

お茶の時間が終わると、食器を下げつつ夏木さんは出かけていった。

車で出かけていくのを窓から確認して、僕はスケッチブックを手に取った。せっかくだから、庭に出てスケッチでもしよう。そう思って、そっと部屋から出た。廊下はしんとしていて、人の気配は遠い。

思えば部屋から出るのって、お風呂のときだけだよ。シャワーですませちゃうことも多いから、二日ぶりだったりする。

いや、これ絶対まずい。運動不足になる。いくらカロリー消費してるからって、歩かないのはだめだ。

これからは家のまわりをぐるぐる歩こうか？　外へ行ってもいいけど、暑すぎて行き倒れそうな気がするから怖い。庭ならなんとかなりそうな気もするし。

だって気温が三十五度なんて無理だ。八月の最高気温の平均が二十六度の水里で育ったんだから。

ぶつぶつ言いながら階段を下りて行こうとしたら、下から誰かが上がってきた。

「あ……」

同じ年くらいの、背の高い青年——と来たら、これは弟くんだ。弟の薫くん。

向こうも僕に気付いていて、チッと小さく舌打ちした。それからなにか言おうと口を開きかけて、怪訝《けげん》そうな顔になってやめた。

なんか変な反応。てっきり舌打ちのあとは嫌みとか皮肉がくると思ってたのに。

やけにゆっくり上がってきた薫くんは、どことなく緊張しているというか、戸惑っているように見えた。

そのまま僕の横を通り過ぎていくとき、ちらっとこっちを見た気がした。

「か……薫、くんっ」

呼び止めたのは、とっさというか、勢いみたいなものだった。

無視して行っちゃうかと思ったら、ちゃんと止まってくれて、ちゃんと僕のほうを見てくれた。

あ、ずるい、大きい。なんていうか、想像してたのと違った。

名前と、僕とか充留の見た目から考えて、同じような小振りの十九歳だと思ってたのに、どう見ても百八十センチ近くある。おまけにサッカーとかやってそうな、スポーツマンタイプのイケメンくんだ。

「な……なんだよ」

怪訝そう、というか、ちょっと困惑してるっぽい。いきなり話しかけたからかな。こっちから話すことってなかったらしいから、驚いてるのかもしれない。

でも仲よくしたいんだ。だって天涯孤独だと思ってた僕に、弟がいるっていうんだから。

充留もいるけどいまは会えないし、せっかく一つ屋根の下にいる弟と距離縮めたいって思うのは当然だと思う。

「あのっ、経済学通論と経済史のレポート終わった?」

「は……？」

「終わってなかったら、一緒にやろう？　もし終わってたら、ちょっと教えてくれると嬉しいんだけど……」

思い切って言ってみたけど、途中から視線が下向いてしまった。僕にとっては初対面の相手だし、嫌われてるって聞いてるから、やっぱり気力とかいろいろ萎《しぼ》んでいってしまう。でも頑張ったよ。前の僕だったら、絶対無理だった。

沈黙が痛い。薫くんは立ち止まったまま、立ち去るでもなくなにか言うわけでもなく、ただそこにいる。

かなりびっくりしてるみたいだ。

そろりと目だけ上げたら、ばっちり視線がぶつかった。

「っ……！」

薫くんは息を吞んで、我に返ったみたいな顔をすると、ぷいっと横を向いてしまった。なんか目が泳いでる。

ああ、これはだめかな？　そうだよね、会うたびに嫌み言うくらい、嫌いなんだっけ。

「冗談じゃ……えっ、ちょ……こんなことで、しょんぼりすんなよ！　俺がいじめてるみたいじゃん！」

「ご……ごめん」

「いや、あの……うん、謝んなくていいから。えーと、さっきのマジ？　マジで俺とレポートやるって言ってんのか？」

「うん。せっかく同じとこ行ってるんだし、って思って」

普通に話してくれたのか嬉しくて、つい顔がほころぶ。薫くんって黙ってると大人っぽいけど、しゃべると年相応だ。でもしゃべり方、特に丁寧でもないよね？　夏木さんは薫くんの矯正はしなかったんだろうか。それとも充留と一緒で、直そうとしても言うこと聞かなかったんだろうか。

「だめかな？」

返事を待ちながらじっと見つめていると、薫くんは手で顔を覆いながら大きな溜め息をついた。そうして指の隙間から、ちらっとこっちを見て、また目を閉じた。

なにしてるんだろう。ちっとも返事してくれない。

「あの、いやならそう言って……」

「あー違う、違うって。いやじゃねーから。うん……やろう。俺もまだ全然手ぇつけてなかったし」

「ほんとっ？」

やった、成功！　すごく嬉しい。思ってたより好感触だし、仲よくなれるかな。

嬉しすぎて、きっと締まりのない顔をしてたんだと思う。なんか薫くんが、うっとか言ってたじろいでた。

よし、善は急げだ。

「どこでやろうか。僕の部屋にする？」

薫くんの部屋もちょっと興味あるけど、それは仲よくなってから見せてもらえばいいや。僕の部屋は、少し大きめのテーブルがあるから、二人分の勉強道具を広げても余裕だし。夏木さんが一緒にご飯食べるようになったから、小さい丸テーブルをやめて、長方形のテーブルになったんだよね。普通だったら四人で食事できそうなやつ。

「お、おう」

「じゃあ来てね。待ってるから」

いったん別れて部屋に戻って、さっと室内を見まわした。大丈夫、見られて困るものもない。あ、スケッチブックしまわなきゃ。

例の注意事項とか書いたページはもう破って捨ててしまった。見られたら説明に困るし、だいたいもう頭に入ってるしね。たまにスケッチはしてるけど、いつ夏木さんが入ってくるかわからないから、滅多に描いてない。しかも描いたのって部屋のなかにあるものと、窓から見えるものくらい。それと、頭のなかにある水里の風景かな。

うーん、思いっきり絵を描きたい。

「あ、来た」

ノックの音がして振り向くと、いろいろ抱えた薫くんが入ってきた。やや緊張しているように見えるのは、入ったことのない部屋を訪れたせいだろう。同じ家に住んでるのに、お互いの部屋に入ったことがなかったらしい。

「どうぞー」

椅子を勧めてから、お手伝いさんに二人分のお茶を頼む。薫くんの好みはわからないから、ちゃんともう一人は彼だということを言っておいた。かなり驚かれて、「薫さまですか？」って確認されちゃったくらいだから、やっぱり仲はよくなかったみたいだ。

薫くんは少し居心地悪そうに、部屋のなかを見まわしてる。

「えーと、ノート見せてもらっていい？　こっち、僕のね」

向かいあって座ってノートを交換して、お互いに目を通す。うん、聞いてた通り、薫くんもかなり優秀みたいだ。字がちょっと乱暴だけど読めないほどじゃないし、すごくよくまとまってる。真面目そうだなぁ。

じっくりと読んでいるうちに、ドアがノックされた。お茶が届いたみたいだ。

確かに運ばれてきたのはお茶だったけど、運んできたのはお手伝いさんじゃなくて夏木さんだった。あれ、帰ってたんだ。

「あ、おかえりなさい。帰るの夕方って言ってなかった？」

「予定変更の連絡が入って戻ってきたんです。……本当にいらしたんですね、薫さま」

気のせいかちょっと声のトーンが変わった。前半は最近よく聞く感じだけど、後半は抑揚がなかったような……。

「いや、まぁな……」

「槍《やり》でも降りそうですね」

お手伝いさんの反応といい、よっぽどありえないことだったんだ。

薫くんはバツが悪そうだった。

僕にはジャスミンティーで、薫くんはコーヒー。夏木さんは迷うことなくそれぞれの近くにカップを置いた。さすが世話係。

「なるほど、一緒にお勉強というわけですか」

あ、初めてわかった。たぶんいまのは皮肉かなにかだ。言い方がちょっと引っかかるというか、冷たかった。

けど、大丈夫。気にしない。

「庭に出ようとして廊下に出たら、ちょうど薫くんが帰ってきたから誘ったんだ」

「なるほど……。まぁ、気にしてらっしゃいましたからね」

「うん」

「ところで、薫さまは？　どういった風の吹きまわしですか」

冷ややかな視線と言葉は、僕じゃなくて薫くんに向けられていた。言われた薫くんは驚いてるから、きっと普段からこうなわけじゃないんだろう。

「いや……夏木こそ……」

「わたしはどうもしませんよ」

「いや、してるだろ。態度違うじゃん！　俺はいつもよりちょい温度下がったくらいだけど、兄貴に対してそんなんだったっけ？」

あ、そうやって呼んでたんだ。うわぁ、兄貴だって……なんだかすごく新鮮。ちょっと照れるけど、嬉しい。

薫くんの兄貴呼びにテンションが上がって、あやうくいろいろ聞き逃しそうだった。

夏木さんって、薫くんに対してもクールに接してたんだ。てっきり身内意識が働いて、フレンドリーなのかと思ってた。

黙って聞いていたら、薫くんが急に僕を指さした。

「っていうか、そもそも兄貴が変じゃね？　なに、どうしたの？　突っ込んでいいかわかんなかったら黙ってたけど、いろいろ違うよな？」

締まりのない顔で笑っていたはずが、一瞬でこわばった。

やっぱり突っ込みどころ満載だったんだ。夏木さんにも会ってすぐ気付かれたし、薫くんも気付いてて黙ってたらしい。

だめだ、ちゃんと「篠塚悠」になれてない。どうしよう。このままじゃバレてしまうかもしれない。こんなことなら、やっぱり家に入ってすぐ頭ぶつけたとかいって、記憶喪失の振りでもすればよかった。

俯いて膝の上で手をぎゅっと握りしめる。顔を上げたら動揺しきったこの顔に気付かれてしまう。

僕じゃ無理だったのかな。もしかしたらお手伝いさんたちも瀬沼さんも、おかしいと思ってるのかもしれない。きっとそうだ。

「ちょっ……どうした、大丈夫か兄貴」

「夏バテ気味でしたからね。少し休みましょうか」

当たり前のように夏木さんは僕を椅子から抱き上げて、ベッドに運んだ。薫くんの前で、と言う余裕もない。

「ちょっ……なにしてんの夏木」

「このほうが早いので」

ベッドに下ろされると、顔を見られないようにそのまま丸くなった。

心配そうに薫くんが寄ってくるから困ってしまった。いい子だな、僕の弟。困るけど、やっぱり嬉しい。

「……兄貴って、こんなに儚げだったっけ？」

問いかけなのか独り言なのかわからないけど、僕には返事のしようがなかった。だいたい

傍げって……。

「触らないでくださいね、薫さま」

「なんでだよ」

「あなたこそ、どうしたんです？　悠さまのことは苦手だとおっしゃっていたでしょう。気にくわないと」

「言っ……たけど……でも、なんか違うし。前は確かにそう思ってたけどさ、いまはそんなふうに思えねーんだよ」

「ライバルと馴れあう気はない、とも言ってましたよね？」

「……若かったんだよ」

「ほんの二ヵ月前のことでしたが」

「二ヵ月もあれば成長すんだよ。そういうお年頃なんだよ」

会話のテンポが速くてびっくりする。もし口を挟める精神状態でも、絶対に入っていけなかっただろう。

仲がよさそうでいいな。クールに接してるみたいなこと言ってたけど、それは仕事中だからなのかも。だって気のあった会話を聞いてると、お互いにすごく慣れてるんだなって思える。もともと身内だから、付きあいが長いのかもしれない。

「そんなことより、兄貴だよ。なにかあったのか？　なんか可愛いんだけど。俺のこと、急に薫くんとか呼ぶしさ」

「ああ……というか、そもそも呼ばれていませんでしたよね。『おまえ』とか『あいつ』でした。わたしと話すときは『弟』でしたが」

「だよな。いや、嬉しいんだけどさ」

失敗に次ぐ失敗で、もうへこむどころじゃなかった。気持ちが緩みすぎてた。いくら充留からの情報のなかに、呼び方まで入っていなかったとしても。

「水里から帰ってきたときには、こうだったんですよ」

「ああ……なんか行くとか聞いたな……。え、それじゃ向こうで？」

「二日間の記憶がないそうですよ」

「はぁ……っ？　ちょ……待て待て、それってヤバくね？　なんかあったんじゃねーの？」

「いま調べさせているところです。近いうちに報告があると思いますよ」

夏木さんの手が優しく僕の髪を撫でるけど、ちっとも慰められてる気がしないし安心もできなかった。

「し……調べなくていい。なにもないっ」

「覚えてないんでしょう？　それとも、なにか不都合でも……？」

「……ない、けど……」

そう言うしかなかった。

「どのみち、このままではいられませんからね」

その声は優しい声でもなかったし、皮肉っぽいそれでもなかった。どこか重く、決意を秘めたような、シリアスなものだった。

夏木さんは僕と以前の悠が違うことに気付いてる。なにも言わなかったのは確信してるからだったんだ。その上で、以前の悠を取り戻そうとしてるんだろうな。

でも戻ることはない。だって、これが本来の形なんだ。何度充留と手をあわせても、なにも起こらなかったし、なにより僕たち二人が、いまのこの状態で安定していることを知っているからだ。

髪を撫でる手から逃げるように、肌掛けのなかに潜る。

それからしばらくのあいだ、夏木さんと薫くんはベッドサイドから離れていかなかった。

ここ何日か、夏木《なつき》さんは僕の部屋で寝ていない。

薫《かおる》くんと仲よくなったあの日からだ。もちろんセックスもしていなくて、僕はだるさに溜《た》め息をつかなくてよくなったけど、別の意味での溜め息がしょっちゅうこぼれる。

きっと僕が以前の悠《はるか》と別人だって、確信しちゃったんだろうな。だから手を出すのをやめたんだ。

なにもなかったような態度を取られるのは、思ってた以上にこたえた。寂しいって、思ってしまった。

抱きしめられるのは好きだった。抱かれるのも、実はそんなにいやじゃなかった。気持ちいいっていうのもあるけど、大切なものを扱うようにして愛撫してくれるのが心地よくて、最中に髪を撫《な》でられるのも好きだった。

いまなら充留《みつる》の気持ちもわかる。きっとああやって扱われるのが好きだったんだろうな。それを振り切ったわけは僕にはわからない。いまだに充留には連絡しないままで、たまにスマフォを手に取っては戻す、なんてことをしてる。

夏木さんは寝るとき以外も、少し変わった。食事とお茶の時間に薫くんが加わるようになったから、一緒に席に着くことがなくなったんだ。

薫くんは、すごくいい子だ。以前きつく当たっていた理由も話してくれた。悠が——つまり充留が、薫くんとお母さんから一歩も二歩も引いて、最初から他人ですって空気を押し出してたのがいやだったんだって。お母さんのこと避けてるのも腹が立った、って。

それって薫くんは兄弟として仲よくやりたかった、ってことだよね？　でも充留が壁作ってて、そのうち薫くんも意固地になっちゃったらしい。子供だったから、って気まずそうに言ってた。

充留はきっと遠慮しすぎたんだと思う。本妻や本妻の子より目立っちゃいけない、前に出ちゃいけないって、強迫観念みたいに思ってたんだろうな。

そういう家族を一つにまとめるのが父親なのに、元凶のくせに家族を放置して仕事三昧ってどうなんだろう。実の父親なのに、嫌いになりそう。

「兄貴？」

テーブルを挟んで座ってる薫くんが、心配そうに身を乗り出してきた。

「あ……ううん、なんでもないよ」

「ならいいけどさ。調子悪いなら、言えよ？」

「うん。ありがとう」

本当に薫くんはいい子。優しいし、気遣いさんだし、素直だし。羨ましいほど、格好いいしね。すごくモテそうだし、実際にモテるらしい。

夏木さんから聞いた話だと、それこそ幼稚園の頃から女の子に大人気で、中学以降に付きあった彼女はなんと十三人！　多すぎる……。一人半年も保《も》たなかったってことになる。

そこはちょっと意外だった。もっと一人の人と長く付きあうタイプだと思ってたのに、ってかおるくんに言ったら、ものすごく慌てて説明してくれた。ほぼ毎回相手からの告白で、断っても食い下がられて、お試しでもいいから付きあってと懇願された結果があの人数、らしい。だから交際期間一ヵ月の子が半分以上なんだって。や、それでも多すぎるよね。で、つい先日別れた子は二年付きあったらしい。大学に入って、会う機会が減って、なんとなく消滅したんだって。いまはフリーだって言ってた。

そうだよね。でなきゃ、毎日僕と勉強会しないだろうし。

おかげでレポートも試験対策もバッチリだ。この調子で夏休みが明けるまでに、全部のノートと、授業でやったとこまでのテキストを頭に入れないと。

「なんか……兄貴、真面目になったよな」

「あ、うん……まぁ、二留はまずいって、ようやく自覚したというか……」

「俺としちゃ嬉しいけどさ。やっと本気モードになってくれた感じ」

「本気モード……」

「だってわざと手ぇ抜いてただろ？　あれはさ、正直ムカついてた」

「あ……」

そういえば充留が言ってた。確か「不真面目でやる気のない長男」を目指して留年したって。それ以外にも手を抜いてて、しかも薫くんにバレバレだったんだ。薫くんが気付くんだから、絶対夏木さんも気付いてたよね。

「パソコン、打とうか？」

キーボードに慣れてない僕を見かねて言ってくれた。でもこの先も必要になってくることだから、練習しないと。卒論とかも手書きじゃだめだっていうし。

きっと薫くんは違和感と不信感でいっぱいだと思う。なのに、なにも言わずに僕に接してくれる。

性格が変わったとか、知ってるべきことを知らないとか、できていたことができなくなってるとか。本当にいろいろあるのに、薫くんは「兄貴」って呼んで、とても慕ってくれる。

そのたびに、心が痛んだ。

いまの僕は刑罰の執行宣言を待つ罪人みたいなものだ。そのうち夏木さんが、充留のことをつかんでくるはずだから。

そうしたら、僕は正直に話すべきなんだろうか。以前の形に戻ることはないけど、夏木さんと充留の恋を成就させることはできるんだよね。むしろ主従関係のない二人になったから、自由って言えるかもしれない。

あれこれ考えていたら僕のスマフォが鳴って、メールの着信を知らせてきた。

また同じ友達だ。悠に来るメールの半分は彼だった。水里《みずさと》にいたメンバーらしくて、あの日急に「用事ができた」と言って残った「悠」のことを聞きたがったから、それについてはすでに返事をしている。土産ものを買い忘れただけ、という理由を信じたかどうかは不明だけど。同じように聞いてきたのはほかにも二人いた。

もっと友達が多いと思ってたし、登録数はかなりあるんだけど、定期的に連絡を入れてくる相手は少なくて、主に水里のメンバーみたいだ。

メールの内容は遊びの誘いだ。今回も体調不良を理由にして、断りのメールを返した。充留から「付きあうな」って言われてることもあるけれど、そもそも行きたいと思ってない。

「最近、出かけないよな。夏バテひでぇの？」

「暑すぎて外行く気ないだけだよ」

「確かになぁ……今年、特に暑いよな。水里って、やっぱ涼しかった？」

「うん。昼間ちょっと暑くなることはあるけど、こっちほどじゃないし、夕方になれば涼しいし。熱帯夜もないよ」

「うおー、いいな」

「あ、でも那須《なす》とかのほうが遊ぶとこたくさんあるよ。牧場とかサファリパークとか。涼しいとこで遊ぶっていうなら、そっちかも。水里は、ゆっくりするとこだから」

ちょっと無理矢理っぽかったけど、水里に行きたいなんて言い出されたら困るから、ほかの場所を推しておく。これは〈はしまや〉で働いてたときに、戸塚さんとかお客さんの話で知ったことだ。

「へえー、詳しいな」

「あ、うん。どこ行こうかって、いろいろ調べたから」

「なんで水里になったの？」

「え……っと、なんでだったかな。なんか、気がついたら決まってた。宿とかも、勝手に決められちゃって」

適当にごまかした。想像だけど、きっと女の子たちが推したんじゃないかな。水里って、女性からの支持が高いって聞いたことあるから。

ふーんと納得して、薫くんは自分のスマフォに目をやった。ちょうど彼のところにもメールが入ったところだった。

「あ、俺ちょっと明日出かけるわ。高校の友達だった。夜、続きやろーぜ」

「うん」

明日の勉強会は寝る寸前あたりかな。無理して毎日やることもないんだろうけど、僕も薫くんも、結構楽しんでるんだ。なんていうか、いままで接触がなかった分を取り戻そうとしてる感じ。

弟とこうやって過ごしてるのは楽しい。隠しごとをしてるのは心苦しいけど、手放したくないくらいに楽しいんだ。夏木さんも加わってくれたら、もっと楽しいんだけどな。できれば三人で食卓を囲みたい。

いつまで続くのか、僕にはわからないけど、終わりが来るなら少しでも先のほうがいいな、とひそかに思った。

パソコンを打っていたら疲れてしまって、僕はパタンとノートパソコンを閉じた。

正直こういうのはあんまり得意じゃない。スマフォだってまだ全然使いこなせなくて、電話を受けるかメールを受けて返すか、くらいしか使っていないんだ。

ちょうど夏木さんも出かけてるみたいだし、久しぶりにスケッチでもしようかな。

引き出しから取り出した鉛筆とスケッチブックを抱えて、窓際に椅子を移動させる。やっぱり鉛筆が落ち着く。絵筆も大好きだけど、最近全然色塗ってないな。新しい絵の具なんて何年も買ってないから当然だけど。

窓から見える景色をさらさらっと描いていると、いきなりドアがノックされた。

はっとして立ち上がって、慌ててスケッチブックを隠そうとしたら、ドアを開けた夏木さんにバッチリ見られてしまった。

ヤバい……でもいまさらかもしれない。いままでなかった趣味が一つ増えたくらいで、夏木さんは驚きもしないだろう。

実際、夏木さんはいつも通り近づいてくると、なぜか納得した様子で顎を引いた。

開いたままのページはともかく、抱き込んだスケッチブックの外側のページは丸見えだ。ここへ来て描いたものは半分くらいで、残りは水里にいるときに描いたものだった。駅舎とか、あっちでよく見かける花だとか。

「いつから、絵を？」

「あっ」

簡単にスケッチブックを取り上げられた。取り返そうとしたが、身長と腕の長さの違いで届かない。ずいぶんと高い位置で何ページにもわたって見られてしまった。

「なるほど、水里行きの目的はスケッチでしたか」

「う……うん」

とりあえずそういうことにしておいた。「違う」とか「別に」なんて言ったところで、なんの意味もないことくらいわかる。

最初の質問にも答えてないけど、夏木さんは特に気にしていないようだった。

「色はつけないんですか？」

「……絵の具ないから」

「では買いに行きましょうか」

「は？」

さらっと言ったけど、なに、どういうこと？

唖然《あぜん》としているうちに手を引かれて、部屋の外へ連れ出された。部屋では最近ずっと室内履きなんだけど、玄関近くにあるシューズクローク——っていうらしい——にも何足もの靴があって、そこで僕は夏木さんが選んで持ってきた靴に履き替えた。服は相変わらず、毎日夏木さんが用意してくれるものを着ている。今日はタイトなジーンズにカットソー、半袖のてろっとした生地のパーカーだ。

ちょっとこれ可愛すぎないかな。あと最初にクローゼット開けたときと、収まってる服がいろいろ変わってるんだよね。派手な服とか、夏木さんが言うところの下品な服が撤去されたのはいいけど、全体数としてはむしろ増えてるんだ。にっこり笑って、「似合いそうな服をご用意しました」って言われたから、やっぱり選んだのは夏木さんなんだろうか。そのへんいまだに確かめられないでいる。

外はやっぱり暑いみたいだけど、家とガレージは繋《つな》がってて外に出なくてもいいから平気だった。車内はエアコンを効かせてくれて、僕は後ろのシートに座って、快適に目的地まで運んでもらえた。

でも、いまだにこの状況には戸惑ってる。なんでこうなった？

「あの……僕なにも持ってこなかったんですけど」

「型番かなにかが、必要なんですか？」

「いえそうじゃなくて、お金……」

「そんなことは気にしなくて結構です」

きっぱりと言い切られてしまったけど、お金って「そんなこと」で一蹴していいものなんだろうか。

現在地も目的地も知らない僕は、黙って車に揺られているしかなかった。

そういえばこの車、すごく乗り心地がいい。振動がまったくなくて、滑るみたいにして走ってる。

初めての外出が車になるとは思わなかった。しかもいきなり。

ぼーっとしているあいだに、車はどこかのパーキングに入った。

外へ出るとくらっとするほど暑くて、湿気を多く含んだ空気がまとわりついた。息をしたって息苦しい。

こんなところでは、とても生きていけないと思った。けど、きっと大丈夫なんだ。人って慣れる生きものだから。

「すぐ近くですから」

夏木さんは信じられないほど涼しい顔をしてる。スーツなんて着てるのに、きっちりネクタイしてるのに、まったく平気そうだ。

この人、汗なんてかくのかな……って思ったけど、かくよね普通に。というか、何回も見たことあったのを思い出した。

僕を抱くとき、ちゃんと汗かいてた。

思い出したら熱が上がってますます暑くなりそうで、慌てて下を向きながら夏木さんについていった。

だから、気付くのが遅れてしまったんだ。

ワン、って声が聞こえて、びくんっと大げさなくらいに震えてしまった。顔を上げたら盲導犬とかになるタイプの黒い犬がすぐ近くにいて、わふわふ言いながら僕のほうに近づこうとしてた。

「っ……！」

声にならない悲鳴って、本当にあるらしい。思わず隣にいた夏木さんにしがみついて、ぶるぶる震えてたら、くすりと笑われてしまった。

「あらまぁ、おとなしい子なんだけどねぇ……」

飼い主の女の人は、大きな犬を自分のほうに引き寄せながら通り過ぎていった。向こうにしてみれば、なにもしてないのに、って思ってるんだろうなぁ。でも僕的には大事件。あんな大きな犬にあそこまで近づかれたのは、飛びつかれたとき以来だったし。しかも種類が一緒っていうのがもう……。

「犬が嫌だったんですね」

「……怖いんです」

別に嫌いじゃない。写真とか、遠くで遊んでるのとか見る分には、可愛いなって思えるし。でも近づかれるとだめなんだ。大きければ大きいほど、無理なんです。

ふう、と息を吐き出して少し落ち着いたら、夏木さんの腕にしがみついてたことを自覚して別の意味で慌てた。

急いで離れたけど、まわりの人たちにやたらと見られてて恥ずかしくなる。

夏木さんはくすりと笑った。

「行きましょうか」

逃げるようにして僕は夏木さんについていった。下ばかり見てるとまた犬の接近に気付けないかもしれないから、今度は顔を上げた。

人通りが多くて、余計に暑く感じる。すれ違う人とか、立ち止まってる人とか、いろんな人がこっちを見るし。こっちというか、夏木さんを。

そうだった、この人すごい美形だった。おまけになんかオーラみたいのがあるし、思わず見ちゃうのも無理はない。

けど、あんまりおもしろくない。

だから大きな画材店に入ったときは、涼しいのと視線から逃れられたのとで、心底ほっとしてしまった。

「油彩ですか？　それとも水彩？」

「あの、油彩です」

売り場に行って、豊富な品揃《しなぞろ》えを見たら、さっきまでの不快感は吹き飛んだ。目が輝いてるっていう自覚がある。

必要なだけどうぞと言われ、テンションが上がるまま、本当にいろいろなものを選び出した。筆は昔使ってた――師匠からもらったものを持ってきてるけど、新しい筆も欲しくなる。迷っていたら、夏木さんが上手にそそのかしてくるから、結局買うことになった。

総額は知らない。会計のとき、僕は別の場所で待たされていたからだ。戻ってきた夏木さんは手ぶらだった。すべて配送してもらうよう手配したらしい。

「少し、別の買いものもしましょうか。ついでに、食事して行きましょう」

「え？」

「たまには外食もいいと思いますよ。なにが食べたいですか？」

外へ出るとまたムワッとした空気がまとわりついてきたけど、なにを食べようかと考えた僕は、それほど暑さを意識しなかった。

瀬沼《せぬま》さんのご飯は美味しくて、イタリアンも和食も、望めば家庭料理っぽいものも出してくれるから、まったく飽きるということがない。そうなると、専門店ならでは……みたいなものがいい気がする。

そこまでは考えたけど、具体的な案は浮かばなかった。すると夏木さんが、提案ですが、と前置きして言った。

「寿司はどうですか？」

「は……はいっ」

お寿司なんて、すっごい久しぶり。まだ母さんが生きてる頃に、行ったきりだ。水里にも何軒かあるけど一人じゃ行ったことはないし、せいぜいスーパーの総菜コーナーにあるの買って食べたくらいしかない。

ちょっと緊張してきた。夏木さんが連れて行ってくれるんだから、絶対に回転するやつじゃないよね。

「まだ少し時間が早いですから、服でも見ましょうか」

そういえばまだスーツ以外の夏木さんを見たことない。きっと落ち着いた大人のカジュアル、って感じなんだろうな。

「夏木さん、暑くないんですか？」

「暑いですよ」

「仕事中だから、スーツじゃないとだめなの？」

「……そうですね。プライベートに切り替えるのも、悪くないかな」

いまだに夏木さんの勤務体制というのがよくわからない。ただ九時から五時みたいな、きっちりとしたものじゃないのはわかる。そのあたりは臨機応変でいいのかな。朝から夜遅くまで、特に休日というのもなく僕の世話を焼いてるくらいだから、状況に応じて切り上げるのもありなのかもしれない。

夏木さんは僕を連れて駅ビルのようなところへ入っていくと、メンズファッションのフロアにまっすぐ行き、パパッと服を選び出した。迷いがいっさいない。麻っぽい素材の紺のシャツみたいなジャケットみたいなものと、白いVネックのカットソーと、グレイの細身のパンツ。店員さんになにか言って、試着室に入っていったと思ったら、あっという間に新しい服を着て出てきた。

五歳くらい若返った気がする。眼鏡も外してるし。あれ、それ伊達《だて》だった？

店員さん、ベタ褒めしてる。無理もない。だってメンズファッション雑誌から抜け出してきたみたいだもん。

それにしても、外へ出るとまたいろんな色が見えて楽しい。秋ものだと少し色合いが落ち着いてるけど、通路挟んだ向かい側の店はカジュアルなバッグを売ってる店だから、まるで色の洪水みたいだ。

「悠」

ぼーっと眺めてたら、夏木さんに呼ばれた。呼び捨てだったのは、たぶん外だからかな。すぐさま付けたら、まわりの人びっくりしちゃうもんね。

夏木さんとこに近づいていったら、十着近い服が広げられてた。さらに店員さんの手にも二着くらいある。

「え……？」

「少し秋ものを買おう。とりあえず、これとこれ……あとはこっちもだ。試着しておいで」

それから三十分以上、夏木さんの着せ替え人形にされた。着て試着室を出て行くと、感想言われて頷《うなず》かれて、また新しい服を渡されて……の繰り返し。

くらくらしてきた頃に、ようやくもとの服を着ていいことになった。

疲れた顔で出て行くともう会計は終わってて、しかも買った服は画材と同じく配送してもらうようになってた。たぶん夏木さんが着てきた服も、ついでに送ってもらうんだろうな。

なにも持ってないし。

というわけで、相変わらず手ぶらで夏木さんの横を歩いてる。

「さっき、何着買ったんですか？」

「少しですよ。金のことなら心配はいりません。必要なものは買い与えるように、旦那さまから言われていますので」

「あー……そうなんだ」

必要っていうのは、きっと「篠塚《しのづか》の息子として恥ずかしくないもの」って意味なんだろうな。そろそろパターンもつかめてきた。

「画材はどうなるの？」

「あれはまぁ……わたしからのプレゼントです」

「えっ」

思わず足が止まりそうになったけど、なんとか歩き続けた。ちょっと歩調が乱れたのはご愛敬《あいきょう》だ。

「わたしが、色のついた絵を見たいと思ったんですよ。だから、わたしが出します」

「でもっ」

「気が引けると言うのでしたら、完成した絵をいただきます。わたしの部屋は殺風景なので、飾る絵が欲しいんです」

「は……はい」

人にあげるための絵なんて初めてだ。確かに夏木さんの部屋には必要なものしかなくて、寒々しかった。

自然と顔が緩んだ。

「そろそろ、いい時間ですね」

ビルを出てまた暑いなかをパーキングまで歩いて、車で十分くらいのところにある店に連れて行ってもらった。

すごく高そう。仕事の接待とかで使うような感じがする。まわらないお寿司屋さんのカウンターなんて初めてでドキドキしたけど、夏木さんがいろいろ教えてくれたし、店の人も親切でおもしろかったから、そのうち力が抜けて楽しく食べられた。

全部美味《おい》しかった！　ガリとかお茶まで美味しかったよ。

食べ終わって外へ出る頃には真っ暗になってたけど、暑いのは相変わらずだった。昼間よりはマシって程度で、蒸し暑い。

水里じゃ信じられない話だ。日によっては、真夏だって夜は寒いほどだったりするし。

「暑い……でも、美味しかったです」

「それはよかった。寿司、お好きになられたんですね。酢飯が好きじゃないと、以前はおっしゃってましたが」

「っ……」

ああ、また失敗した。充留は苦手だったんだ。ある程度は好きなものと嫌いなものを聞いたけど、すべてじゃない。僕が伝えたのもそうだったけど、特別嫌いなものとか、どうしても食べられないものは思いついても、どちらかといえば嫌い、というものは、抜けてしまったから。

きっと日常的に、いろいろと試されてるんだろうな。いちいち違いを指摘しないだけで。

「まぁ、大人になると味覚も嗜好《しこう》も変わりますからね」

いまのはフォローなんだろうか。よくわからない。どうして付け足すようにそんなことを言ったのかも。

「今度は呼びましょうか」

「……呼ぶ?」

「ええ。職人を家に呼ぶんですよ。出前ですね」

「は?　え……?　人ごと、出前……?」

「二名から三名で来ますよ。昔から篠塚の家で寿司といえば、それですから」

「…………」

果たしてそれを出前と言っていいのだろうか。いくら出せば来てくれるんだろうか。想像がつかなくて、くらくらしてきた。

そのまま黙って車に乗り込もうとすると、夏木さんは助手席のドアを開けて僕を促した。

「もう日も落ちましたし、こちらに乗ってくれませんか」

なんだかよくわからないけど、言われた通りに助手席に座った。シートベルトをカチンと付けるまでやってくれるのは、ちょっと世話を焼きすぎって気がする。

行きもそんなに走らなかったから、帰りだって同じくらいだろうと思ってたんだけど、かなりたっても家には着かなかった。

「あの……?　こんなに遠かったっけ?」

「ああ、寄り道をしてますから。せっかく出かけたので、少しドライブでもと思ったんですが、早く帰りたいですか？」

「そ……そんなことない、です……」

「心配しなくても、あと三十分ほどで戻りますよ」

車内の電光パネルに表示されている時計を見ると、もう九時近い。薫くんと勉強する約束してるけど、大丈夫かな。

気になってスマフォを取り出したけど、どこからも着信はない。念のためにアドレス帳を見たら、薫くんの番号は入ってなかった。

うわ、兄弟なのに登録してないんだ。帰ったら、早速教えてもらおう。

「どうかしましたか？」

「薫くんを登録してなかったんです。夜、勉強しようってことになってて」

「ああ、なるほど。ずいぶん仲よくなられましたからね」

「……うん。薫くん、いい子だよね」

可愛くて格好いい、僕の弟。大学が始まったら、あっちでも会えるのかな。キャンパスで普通に話しかけてもいいんだろうか。今度、聞いてみよう。

でも、そのときまで僕はちゃんと、篠塚悠でいられるのかな。

だんだんと自信がなくなってくる。頑張らなきゃいけないのに。でないと、水里で山崎《やまざき》充留として生きている彼にも迷惑がかかってしまうのに。

「悠さま。眠いようでしたら、お休みになってかまいませんよ」

「平気」

確かに気持ちはいい。車の揺れに、意識を持って行かれそうになる。でもこんな時間にこで寝るのは子供みたいで恥ずかしかった。

と思ってたのに、気がついたら意識はなくなってた。眠りが浅かったらしくて、ガレージの扉が閉まる音で目が覚めたけど。

「ん……」

「抱いていってさしあげましょうか？」

目を開けたら、すぐ前に夏木さんの顔があった。たぶん二十センチくらいしかなかった。

「だ、大丈夫……っ」

急いでシートベルトを外して車から出ようとしたけど、ドアに伸ばした手を握られて、ぐっと夏木さんのほうに引っ張られた。

勢いのまま飛び込んでいったら、包むように抱きしめられた。

息づかいさえよく聞こえる。怖くはないし、いやだとも思わない。でも戸惑いはあった。

だって最近、こういうことはまったくしてこなかったのに。

長い指先が僕の顎をすくった。

ああ、キスされる。だけど逃げる気はなくて、ただ目を閉じた。

重なる唇の感触は思っていたよりも柔らかで、そう思ったときに僕はこれがファーストキスだったと自覚した。

夏木さんとは何度も寝たのに、キスは初めてだった。

ついばむように触れて、下唇を舐められて、それからゆっくりと舌が入り込んできた。なんだか生きものみたい。人間の一部なんだから当然生きてるんだけど、そうじゃなくてそれ自体がなにか別の生きものみたいに思えた。

舐められて、舌を吸われて、ぐちょぐちょにいじられて――。

頭がぼうっとしてくる。すごく気持ちいい。まるでお酒に酔わされるように、意識が緩慢になっていく。

どのくらい、そうされていたのか。長いキスから解放されたときには、僕はくてんと夏木さんにもたれていた。

いったんシートに預けられて、助手席側にまわりこんだ夏木さんに抱えられて車外へ出た。またお姫さま抱っこをされてしまったけど、ぼんやりしているから、いつものことだなって普通に受け入れた。

夏木さんに触られるのはいやじゃない。抱きしめられるのもキスされるのも、身体中いじられて後ろを貫かれることも。

優しくされるのも嬉しい。でも、むなしいとも思うよ。

だって夏木さんの気持ちが向かってるのは、もういなくなってしまった充留だから——。

目を閉じた僕の耳に、お手伝いさんたちの声が入ってくる。心配されちゃったみたいだ。少し顔が赤いこともあって、夏木さんは食事のときにアルコールを取って、酔ってしまったということにしていた。たぶん、すごく自然に見えるはず。

階段を上がっていくと、薫くんが飛んできた。やっぱりもう帰ってたんだ。ごめん、今日は約束を果たせそうにない。

「どうしたんだよ、兄貴」

「酒を少し入れましてね」

「え、酔ってんの？　兄貴、酒弱いのか……」

「勉強会は中止ですね」

「あー、うん」

「今日はこのまま寝かせますから。では、おやすみなさい」

「お、おう」

一言もそうは言ってないのに、夏木さんは「ついてくるな」っていう気配を出した。薫くんはその場で僕たちを見送ってくれたらしかった。

部屋に入って、僕をベッドに下ろしてから、夏木さんは水を持ってくるといって出て行った。ほんとに至れり尽くせりだ。

僕だってもう気付いてる。こんなに世話を焼くのは、僕に対してだけだって。兄弟二人の世話係とお目付け役のはずなのに、薫くんはほとんど放置なんだ。薫くんには、スキンシップもまったくないし。

なにを考えてるんだろう。僕が別人だと思ってるなら、キスする意味なんてないんじゃないの？　それとも、見た目が同じだから、つい？

それなら納得する。キスもセックスもしてるのに、好きだって言わない理由も。

やだなぁ……なんか、苦しい。

ベッドで丸くなって溜め息をついていたら、スマフォが鳴り出した。メールじゃなくて電話の音だった。

「あ……」

充留だ。なんてタイミングなんだろう。いまの気分としては出たくなかったけど、緊急事態かもしれないと思ったら出ないわけにはいかなかった。

「もしも……」

『寂しいよーっ』

あふれてきた声に、僕の声はかき消された。

「え？　ど、どうしたの」

『一人暮らし、寂しい…なんかさ、夜になると誰もいない寂しさがどばーっと押し寄せてくるんだよ』

「ああ、うん」

その気持ちはよくわかった。

『そっちは？　うまくいってる？』

寂しいと言いながらも充留の声は明るい。声だけで判断はできないが、トラブルはなさそうだ。

「いろいろ失敗しちゃって……たぶん夏木さんに疑われてる」

『ちょっ……なにしたんだよ』

声が焦ってるのは当然だ。僕の失敗は、僕だけの問題じゃないんだから。

「言葉遣いとか、いろいろ。あと食べものの嗜好とか……。最初の日に、会ってすぐあやしまれちゃったんだ」

『マジか』

夏木さんとのあいだにあったことを話そうと思ったけど、どうしても言えなかった。ひどく意地悪なことしてる気分だった。

「水里に人をやって、調べさせてるって言われた」

『げ……』

「充留のこと、バレちゃうかもしれない」

『あー……いや、でもさ、俺のこと見つけたとしても、中身入れ替わってるなんて普通思わないって。なに言われてもバックレちゃえばいいんだよ。最悪、カウンセラー付けられるくらいだよ』

「……うん」

確かにそうなんだけど、相手は夏木さんだ。じわじわ追い詰めるようにして追及されたりしたら、しらを切り通す自信なんかない。あの人、そういうの得意そうだし……。

『俺もそのへん意識しておくよ』

「うん、ごめんね。えっと、充留は……？　仕事とか、どう？」

『わりと順調かな。すっげー楽しいよ。寂しいのはあれだけどさ、仕事とかは充実してるし、料理もちょっとできるようになった。あと走れるのが嬉しい。毎日ジョギングしてて、道とか相当覚えたよ。こっち涼しいし、走ってると超気持ちいいんだよな』

「そっか、よかった」

声から楽しさとか充実感が滲《にじ》み出てる。心配していたようなこともなくて、充留は充留で新しい生活を満喫してるみたいだった。

やっぱりいまの状態はキープしなきゃいけないよね。

『あいつら……来島《きじま》とか、連絡してくるか？　会ってないよな？』

「ないよ。連絡はよくしてくるけど」

『よし、そのままな。あんまりしつこかったら夏木に言えばいいからさ。そういうの対処すんのもあいつの仕事だから、ちゃんと動いてくれると思うし。嫌みとかは覚悟しなきゃいけないけどな』

「う……うん」

やっぱり充留のなかで夏木さんはそういうキャラなんだ。やっぱり前といまとじゃ、夏木さんの態度も違うのか……初日のあれが、ずっとだった？　必要がなければ動かないような言い方も、実際そうだったから？　じゃあ僕にいろいろしてくれるのは、優しくしてくれるのは、なに？

『大丈夫か？　夏木に、なにか言われたりしてないか？』

「なにか、って？」

『いや……その、いやなこと……とか』

「別にないよ。充留、いじめられてたの？」

探るような言い方にならないように、なるべく軽い口調を作ってみた。充留の反応が知りたいって思ってしまった。

『ちげーよっ。ただ……まぁ、俺を見て苛《いら》ついてたのは確かだけどさ。手を抜くのはやめろ、薫を馬鹿にしてるのかって、言われたことあったし』

声のトーンが少しだけ下がった。苦笑まじり？　いや違う。自嘲に近い感じがした。

似たようなことを薫くんも言ってたっけ。そんなバレバレな手の抜き方してたのか。充留って、もっと要領がよくて、なんでもそつなくこなすのかと思ってたけど、そうでもなかったみたいだ。意外と不器用？

『留年決まったときなんか、ゴミでも見るような目されたっけなぁ』

ははは、なんて笑ってるけど、絶対いま泣きそうな顔してる。なんでもないふうに言ってるのは、充留の強がりだ。

やっぱり夏木さんのことが好きなんだろう。でなきゃ身体の関係なんて持たないし、こんなせつなげな雰囲気にならないだろうし。

夏木さんの様子を、充留に話したほうがいいかもしれない。あと、薫くんのことも。

そう思って口を開きかけたら、ノックの音がした。

「あっ、誰か来た。ごめん切る！　またね」

急いで通話を切って、スマフォの画面を見た。ドアはしっかり防音が施されてるし、メールのチェックをしていれば不審は抱かれないだろう。実際、つい今し方、例の友達から来たところだった。

入ってきた夏木さんは、僕を見てちょっと眉を上げた。

「困ったメールですか？」

マズい、表情がさっきのままだったらしい。慌てて苦笑いして夏木さんを見て、すぐに画面に目を戻した。

「そこまでじゃないけど……断り続けてるから、悪いなと思って」

「ご友人ですか？」

「水里のメンバー……よくかけてくるのは、一人だけどね」

「来島というご友人ですね」

「……なんでわかるの？」

そこまで知ってるなんてびっくりだった。この分だと、水里に行った全員のこと把握してても不思議じゃない。

「あまりよろしくないご友人、と認識しておりますから」

「なんで……？　どういう意味？」

「一度うちにもいらっしゃいましたが……まるで物色するような目で、家のなかを見ていましたね。品のいい方ではありませんでした。素行に関しても問題が多々あります。中学の頃に万引きで補導歴がありますし、同級生への恐喝が問題になったことも何度かあります。下半身の節操もないようですし、付きあっている相手から金を借りて、そのままということもあるそうですよ。ほかにもいろいろとありますが、全部聞きたいですか？」

「い……いいです……」

確かに問題ありだ。そこも驚いたけど、調べた夏木さんにも驚いた。薫くんの交友関係も調べられてるんだろうな。

「こう言ってしまうのはなんですが、悠さまは金づると見られていると思いますよ。あとは篠塚の長男として……ですね。来島は違いますが、彼とつるんでいる者のなかに篠塚グループの社員の息子がいます」

「はぁ……」

「悠さまは隙を見せずに付きあっていましたから、大きな問題は起きていませんが、これからは気をつけたほうがいいでしょう。あなたでは、たちまち餌食《えじき》になってしまいます」

息が詰まりそうになったけど、なんとか頷くだけはしておいた。

だっていまのは、前の悠とは違うから、って意味だよね。僕は隙だらけだって言ったんだよね？

「大事な身体なんですから、慎重に行動していただきます。いいですね？」

ひやっとするほど淡々と言われて、胸が痛くなった。

いまのは篠塚家の長男だからって意味じゃないと思う。言葉通り「身体」が大事って言われたんだ。彼が好きな、前の篠塚悠の容れものとしての「身体」ってことだ。傷つけたりするのはもちろん論外で、立場や体面も守れって言いたいんだろうな。

夏木さんはどう考えてるんだろう。二重人格みたいなものって思ってるのかな。僕に優しくしてくれるのは、どうしてなんだろう。好かれてるって感じるのは、僕じゃなくて充留を思ってるからなのかな。

「なんですか？」

じっと見つめていたせいか、夏木さんは冷たく問いかけてきた。

さっきまで優しかったのが嘘みたいだ。一緒に買いものして、ご飯食べて、キスまでしたのは、夢だったんじゃないかと思えてくる。

目をあわせていられなくて下を向いた。

夏木さんはしばらく僕を黙って見てたけど、思い出したようにきびすを返してドアのところまで行って鍵をかけた。

はっとして顔を上げると、楽しそうに目を細める夏木さんがいた。

「いまにも泣きそうな顔ですね。慰めてさしあげましょうか？」

「い……いらないっ……」

首を横に振ってベッドの上で後ずさった。でも簡単に足首をつかまれて、引き戻されてしまう。

「やっ……だ……！」

「いまさら、でしょう？　大丈夫ですよ、気持ちがいいことしかしません。全部忘れて、わたしに溺れてしまいなさい」

のしかかられて、耳元で囁《ささや》かれる。

いつもみたいに甘くて優しい響きに、力が抜けていってしまう。けど、どっちが本当の夏木さんかなんて、僕にはわからない。

二度目のキスは貪るように深くて、このまま食べられてしまうんじゃないかと思うほどに激しくて。

その夜のことは途中から覚えていなかった。

でもたぶんすごく泣いたと思う。気持ちがよくて、悲しくて、つらくて――。しがみついた背中も遠く感じて、たまらなく怖かったんだ。

今日は少しだけ、いつもより涼しい。気温はそこそこ高いけど、湿度が低いみたいで過ごしやすい。

僕は庭に出て、木陰でスケッチをしてる。傍《かたわ》らにはちゃんとマイボトルもあるよ。中身はスポーツドリンク。

庭の片隅にある花壇に母さんが好きだった花が咲いてて、つい近くの木陰に座り込んでスケッチを始めたんだ。そしたらお手伝いさんが気付いて、折りたたみの椅子と飲みものを持ってきてくれた。

キキョウですか、きれいですよねぇ……って言ってくれた。僕が絵を描くことに家の人たちは慣れてきたみたいだ。

「兄貴。大丈夫か、暑くね?」

ふらっと外へ出てきた薫くんは、トランクスみたいな短パンにタンクトップっていう、涼しさを追求した格好をしてる。それ、夏木さんに見つかると怒られるよ。こないだも「ご自分の部屋だけにしてください」って言われてたよね。

「あ、それって母さん好きな花だ」

「え……」

とっさに「うちも」って言いそうになってしまった。あぶない。

でも意外だな。こんなお金持ちの奥さまって、バラとかランとか、高級そうな温室の花が好みなんだって勝手に思ってた。ちょっと親近感……。

「なんていうんだっけ」

「キキョウ」

「あ、そうだ。それそれ」

うんうんと納得しながら薫くんはしゃがみ込んで、僕の左肩に顎を乗っけてきた。ちょっと暑いけど、可愛いからがまんすることにした。

薫くんは僕にすっかり懐いて……馴染《なじ》んでくれて、スキンシップも激しくなった。涼しい部屋にいるときなんかは、抱きついてきたり頭撫でてきたりするし。

やたらと触りたがるのは、薫くんの母方の特徴なのかな。夏木さんもそうだし。

あ……夏木さんのこと考えたら、へこみそうになる。優しいときと突き放したときのギャップが激しいから、つらい。

「兄貴って、すげー上手いのな。知らなかった」

「……黙ってたからね」

「なんで隠してたん？　父さんがいい顔しなさそうだから？」

「絵なんか描いてるひまがあったら、勉強をしろ……って言わないかな？」

「あー、言う言う。そっか、だからか」

よかった、思った通りの人みたいだ。いや、よくはないんだけど。想像通り過ぎて、悲しくなってくる。

　奥さんよりも子供よりも、篠塚家が大事なのかな。だったらどうして愛人なんて作って、子供まで産ませたんだろ。

　青紫色のキキョウを見ながら、いまだ会ったことのない父親のことを考えていた。

　薫くんのお母さん、かわいそうだよ。政略結婚だとは聞いたけど、それにしたってもっと大事にしようよ。愛人の子が言うのもなんだけど。

「趣味くらい、いいじゃんね？」

「ん……本当は絵描きになりたかったんだけどね」

「へ？　マジで？」

「うん。この際だから本音を言うけど……僕に跡継ぎは無理だと思う。性格的に向かないよ。母親の立場とかそういうの抜きにしても、薫くんのほうが相応《ふさわ》しいよ」

「兄貴……」

　ひどく戸惑ってるのがわかる。そういう顔をしているし、すぐに言葉が出てこないのもそうだ。

　でも本当のことだから仕方ない。これだけの家を守って、人を使っていくなんて、僕には向いてない。競争するってことが苦手なんだ。

「できれば会社にも入りたくないし、いまからでも美大に行きたいって思っちゃってるんだ。

ほら、相応しくないでしょ?」

「……兄貴は、ライバルだと思ってた。そうだってまわりから言われて……競えって、言われてきて……」

「うん。でも僕から、君にそう言ったことはなかったよね?」

確証はないけど、たぶんそのはずだ。僕はもちろんだけど、充留だってその気はなかったと言ってたんだから。

思い当たる節があるのか薫くんは黙りこみ、そして大きな溜め息をついた。

「兄貴は、跡継ぎから外して欲しいって、ずっと思ってたんだな。いろいろ誤解してたわ」

「ん?」

「いや、ライバル視されてないってのは気付いてたよ。けどそれは、相手にもならないって馬鹿にされてんのかと……」

「違うよ?」

「うん。ちょっと前から違うっぽいとは思ってた。けど、俺もさ、いろいろコンプレックスみたいのはあったわけ。母さんの実家からのプレッシャーとかもあったし……」

うんざりしたような溜め息に、薫くんの苦労というか、背負ったものの重さみたいなものが窺《うかが》えた。愛人の子に負けるな、みたいなことを言われてきたんだろうか。なんとなくだけど、充分にありそうな気がしてきた。

薫くんが僕の胴に腕をまわして、ぎゅうっと抱きしめてきた。顎は相変わらず肩に乗っかったままだ。

「あのさ……俺、兄貴の分も頑張るわ。兄貴が向いてないってのはわかるし、そもそもいやなんだろ？」

「うん」

「大丈夫、俺がちゃんとやってく。家も継ぐし、会社も父さんのときよりデカくする。だから兄貴は好きなことやっていいよ。食えなかったら、俺が面倒みるし」

「嬉しいけど、面倒はみちゃダメだよ」

「なんで。だって芸術家って、あれだろ、パ……パトロンってやつがつくんだろ？　俺、なるから。兄貴のパトロン……」

「ちょっ……苦しいよ、腕、腕っ。それと暑いし、くすぐったい……！」

声が笑ってしまうのは仕方ないと思う。だって薫くんは子供みたいに力いっぱい抱きついてきて、しかも息が首にかかるんだもん。

通りかかったお手伝いさんが、ものすごく温かい目で僕らを見ながら通り過ぎていった。口には出さないけど、兄弟仲がよくなったことを喜んでくれてるらしい。夫婦でそんな感じだし、瀬沼さんもそうだった。

「絵、見せてよ。色つけたのあんだろ？」

でも習作だから、できればあまり見て欲しくないデキだ。小さめとはいえ五日で二枚、しかも同時進行は、ブランク持ちには厳しかったかもしれない。

でも楽しかった。絵を描いてる時間は雑念も不安もなくなるから、余計に夢中になってた部分もある。気がつくと食事の時間だったり、夜中だったり――。今日から少し大きめの、十号で描くから、楽しみにしてる。

相変わらず引っ付き虫の薫くんが、俺を描いてとねだってきた。

基本的に僕は風景画とか静物画なんだけど、人物画にチャレンジしてみるのもいいかもしれないな。

「いいよ、人を描こうと思ったら、そのときは薫くんを描くね」

「やった……！」

嬉しそうな薫くんの声がくすぐったくて、こんな時間がずっと続いたらいいなって、心の底から思った。

お盆も過ぎて何日かたった頃、実家のある町で静養していたという薫くんの母親、篠塚夫人が家に戻ってきた。

昨日のことなんだけど、僕は絵を描いてて気付かなかったし、誰も呼びにこなかったから、いいのかなと思いながらもまだ会ってさえいない。向こうも移動で疲れたからって、早めに寝ちゃったらしくて、晩ご飯も部屋で軽く取っただけらしい。

みんな様子見、って感じだ。もともと同じ家にいても顔をあわせることも少なかったみたいだから、どうしたものかと考えてるんだろうな。薫くんには今朝会ったけど、彼ですら僕と彼女を会わせるかどうか迷っているみたいだった。

だからって別に誰も止めたりはしない。ただ積極的に場を設けようとしないだけだ。

「……ちょっと見てこよう」

十号はキキョウを入れて描こうと思って、水里の景色のなかに組み込んでみた。実際、軽くスケッチしたものがあって、キキョウも描き込まれていたんだけど、いざ塗り始めたら色がまた見たくなったんだ。

アトリエとして与えてもらった部屋は八畳くらいの大きさで、以前は住み込みの人が使っていた部屋なんだって。昔はもっといたらしい。

一階へ下りてこのあいだの花壇のところへ行くと、しゃがみ込んでいる人影が同時に目に飛び込んできた。

「あ……」

小さな声に気付いたわけじゃないだろうけど、その人はこっちを見て、大きく目を瞠《みは》った。

薫くんに、ちょっと似てる気がする。でも小さくて、派手さはないけどきれいな人で、好きだって言ってたキキョウみたいな人だった。

間違いない。薫くんのお母さんの、篠塚美佐《みさ》さんだ。

「……お、おかえりなさい」

挨拶もまだだったのを思い出して、言ってみた。あやうく「こんにちは」とか「はじめまして」とか言いそうなところを、なんとか頑張った。まっすぐ目を見られなかったし、声も小さくなってしまったけど。

どうしよう、引き返したほうがいいかな。申し訳なくて、気まずい。充留が避けるようになったっていうのもわかる気がした。

頭を下げて戻ろうとしたら、「悠くん」って声をかけられた。イメージ通りの優しくて細い声だった。

「は……はい」

「薫から聞いたわ。仲よくしてくれてるのね」

「兄、弟……だから……」

いまさら、って思われるかな。でも僕の返事を待ってる顔は優しそうだから、少し肩から力が抜けた。

ふと見ると、しゃがんでるのは花壇をいじってたからってわかった。ガーデニングが趣味なのかな。顔もタイプも違うけど、趣味はうちの母さんと一緒なんだ。あ、好きな花も一緒だっけ。

「あの……キキョウ見てっていいですか？」

「どうぞ。好きなだけ見ていって。絵を描くんですって？」

これも薫くんから聞いたのかな。このあいだキキョウをスケッチしてたのも見てるし、今朝はアトリエに入ってきてキャンバスを見てたから、そのあたりも話してるのかもしれない。

「はい。それで、ちょっとキキョウの色を見にきたんです」

僕もしゃがんで、キキョウを見つめた。やっぱり色がきれいだ。この色、ちゃんと出したいなぁ。

「お花は好き？」

「ええと……どうなんだろ。欲しいとか飾りたいとかは思わないですけど、見ると描きたいなって思います」

「モチーフとして見ちゃうのね」

「そんな感じです」

ただし知識としてはそこそこある。母さんが花とかハーブとかを育ててた人だったから、自然に覚えただけなんだけど。

「わたしは見るのも育てるのも好きよ」

「ハーブもあるんですね」

隣の花壇には、何種類もハーブが育ってる。花壇っていうか……家庭菜園に近いような、やっぱり花壇のような、そんな感じ。食用もいくつかある。

「あれって、食べたりするんですか？」

「使ってるわよ。バジルとかローズマリーとか、ミントもそうね」

「あ、じゃあ何度か食べてるんだ。そういえば、おとといのデザートはミントゼリーでした。あれもそうなのかな」

「たぶん、そうだと思うわ」

ふふ、って小さく笑うのがすごく優しげ。僕の母さんはもう少したくましいというか、見た目はともかく男前なとこがあったから、あんまり似てるとは思わないんだけど、笑ったところはちょっと似てるかもしれない。

だめだ、マザコンの部分が疼《うず》いてきた。

「不思議ね」

「えっ？」

じっと見つめられて、落ち着かない気分になる。穏やかで静かな目は、まるでなにもかも見透かしてるように思えて仕方なかった。

「違う人と話してるみたいだわ」

言われるのは覚悟してたし、慣れたっていうのもあって、それほど動揺はしなかった。開き直ったつもりはないけど、もう諦めてる部分もある。

苦笑いしてると、すごく申し訳なさそうな顔をされてしまった。

「ごめんなさいね。いい意味で言ったつもりよ？　悠くん、なかなか気を許してくれなかったから……」

「それは、あの……」

「薫と仲よくなれたなら、わたしともなれるかしら……？」

「は……はい」

仲よくっていうのは少し違うかもしれないけど、距離を縮めていくことはしたいと思った。素直な気持ちで頷くと、いたずらっぽい顔で微笑まれた。

「じゃあ、お母さんって呼んでもらおうかな」

「え……」

「ママ、でもいいけど」

「お、お母さんでっ」

勢いで言ってしまってから、急に恥ずかしくなって赤くなってしまった。いや、だって普通に恥ずかしい。初対面の人を「お母さん」って呼ぶんだよ？　小学校の移動教室で、寝ぼけて担任の先生をママって呼んじゃったときくらいの恥ずかしさだ。思えばあの一件以降、僕は「母さん」って呼ぶようになったんだった。

で、いま目の前にいるお母さんは、すごく嬉しそうに笑ってから、ふっとその顔を真剣なものにした。

「悠くん、聞いてくれる？」

「はい」

「かなりショックなことかもしれないの。でも、こんなときだから……こんな場所だから、言うわ。独り言だと、思ってくれてもいいから」

なんだろう、すごく深刻そう。でも二人して花壇の前に並んでしゃがんでる姿は、結構シュールかもしれない。

僕が頷くと、お母さんは重そうに口を開いた。

「悠くんが、わたしたちに遠慮することなんてないのよ。あなたは篠塚から、いろいろなものを奪われて、ここにいるんですもの」

「いろいろなもの……？」

篠塚って父親のことだよね。じゃあ、もしかして話って……。

「あなたのお母さまと、兄弟よ。あなたには、双子の兄弟がいるんですって。どこにいるのか、わたしにはわからないし、名前もなにも教えてはもらえなかったんだけど……」

やっぱそうだったんだ。確信してたことだけど、こうやって言ってもらえると、ますます揺るぎないものになっていく気がする。

充留、やっぱり僕ら兄弟だったみたいだよ。

「驚かないの？」

「じ……実感、なくて……」

「そう……よね。でも本当のことなの。あの人は子供を一人だけ取り上げて、手切れ金を渡して別れたの。一人だけなのは、あなたのお母さまが拒否したからよ。本当は二人とも渡したくなかったみたいだけど、篠塚が許さなかったの」

下を向いて、表情が見えないようにした。どう見てもいまの僕はショックを受けた顔じゃないだろうから。

「探してみる？」

そっと尋ねられたけど、首を横に振った。

全部知っている——というより、自分のことだから心苦しい。お母さんが気遣う必要もないことなのに、申し訳なくなってくる。ほんとに僕らの父親っていう人は罪作りな人だ。こんなに優しい人を悲しませて、母さんを捨てて——。

なんだか腹が立ってきた。いまなら父親を目の前にしても、睨《にら》み付けながら文句の一つや二つ言えそうな気がする。まだ会ったこともないけどね。

でもいずれ、対峙《たいじ》することになるんだろう。そうしたら、僕は自分の意思と考えをはっきり言おうと思う。

思い通りになんかなってやらない。母さんと充留の分も、頑張るよ。


お母さんと外で一時間くらい話しながら土いじりをして、僕はまっすぐアトリエに戻った。洗ったばかりの手はハンドソープの匂いがして、気分もすっきりしている。

一階の隅にある部屋へ入ると、そこには夏木さんがいた。

描き上げたいくつかの絵と、描きかけの十号を前に、スケッチブックをぱらりと捲《めく》っていた。その顔は怖いくらいに無表情だった。

ポケットでスマフォが震える。どうせ例のメンバーだろう。数人が代わる代わる連絡を寄越して、毎日のように誘ってくるんだけど、相変わらず僕は断り続けてる。

「申し訳ありませんね。勝手に拝見させていただきました」

「……いえ……」

見られて困るものはもう捨てたし……いや、違う。だってスケッチブックは僕が水里にいた頃からのもので――。

「水里の風景は美しいですね。夏も快適なんでしょうが、桜の季節も雪景色も、すばらしいものがある」

「あ……」

そうだ、スケッチブックはずいぶんと前から使っているもので、八分咲きの桜も描いたし、雪が降り積もった木立を描いたものもあったはずだ。それ以外にも、明らかに夏じゃない景色がいくつも描いてある。このあいだも見たのにわざわざいま言うのは、きっかけや前置きのつもりなんだろう。

「さて……あらためて、お話を伺いましょうか」

夏木さんは持っていた書類のようなものを、僕に差し出した。調査報告書という文字が目に飛び込んできた。

指先が震える。受け取ることもできなかった。

「あなたは誰なんです?」

血の気が引いていく音を、はっきり聞いた気がした。

とうとう言われてしまった。僕が以前の悠じゃないってことを、夏木さんはいま僕に突きつけたんだ。

問いかけておきながら、彼は返事を急かすようなことはしなかった。

受け取らなかった報告書をぱらりと捲って、内容をかいつまんで口にする。

大学のメンバーで泊まった宿、レンタカーを借りて向かった先、釣りをしたことやブルーベリー狩りをしたこと。全部充留に聞いたことばかりだったけど、それを調べ上げてきた人の能力に僕は震えた。

「とても興味深い人物が、浮かんできましたよ」

見せられたページには隠し撮りしたらしい写真が添付されていた。

覚悟していたから、驚きも衝撃もなかった。それがかえって夏木さんに不審や確信を抱かせたとしても、わざと感情を作ってみせるなんてできっこない。

「山崎充留、という青年です。ご存じでしょう?」

「……はい」

自分で思ってたよりずっと力のない声になった。

写真の充留から目が離せなかった。

以前はずっと鏡で見ていた姿のはずだった。でも印象はまったく違って、とても快活な印象が強く、別人のようだ。中身は外見の印象を塗り替えるのか、顔つきまで以前の僕とは違って見える。

「あなたと同じ年で、誕生日も一日違いです。血液型も同じですね。水里駅前の〈はしまや〉という店の従業員なんですが、母体は羽島《はしま》リゾートですので、そこの社員といったほうがいいかもしれません。詳しいプロフィールはごらんにならなくてもいいですよね?」

問われるまま頷いた。当然だ。だって僕のことなんだから、誰よりも僕がよく知ってる。どこまで調べたかわからないけど、はっきりしているのは、あの日までの「山崎充留」に関してなら、報告書なんかより僕のほうが詳しいってことだ。

「別口で調べさせましてね、彼があなたの生き別れの兄弟だということはわかっています。一卵性双生児ですよ」

立ち尽くすだけの僕に、夏木さんは椅子を勧めた。脚が震えて仕方なくて、僕は倒れ込むようにして椅子に座った。

ほかに座るところがないのもあって、夏木さんは僕の目の前に立っている。

「山崎充留さんは、ある時期から急に社交的になったようですよ。ちょうど、あなたが水里へ行った頃からです。まるで、人が変わったみたいにね。それと、彼には絵を描く趣味があったそうです」

顔を上げることもできず、僕はぼんやりと自分の手を見つめる。

じわじわと追い詰めるような言い方するのは、僕の反応を見るためなんだろう。そうして本当のことを言わせようとしてるんじゃないだろうか。

夏木さんはぱさりと音を立てて、報告書を僕の膝に放り出した。

「こういう報告と、最近のあなたを見ていますとね、自然とある考えが浮かんできたわけです。寓話にありますよね〈王子と乞食《こじき》〉って。あんなふうに、お互いの人生を入れ替えたんじゃないか……とね」

ある意味ではあっているけど、正しくはない。でもそれを自分から言うつもりはなかった。どれだけ疑わしい材料があっても、夏木さんが確信していたとしても、認めなければ「黒」じゃない。たとえ限りなく「黒」に近い「灰色」であっても。

顔を上げない僕にかまうことなく、夏木さんは続けた。

「ですが、あなたの脚には傷痕がありますし、山崎充留さんは毎日のように走っていると報告があります。篠塚悠の脚では、無理なことです」

そう、どれだけ身体を調べられても、おかしなところは出てこない。変わったのは精神だけなんだから。

部屋のなかには沈黙が流れる。僕はめまいを起こしそうなほど動転していたけど、時間がたつにつれて少しずつ落ち着いていった。

そんななか、夏木さんの溜め息が聞こえた。

「一度、水里へ行く必要があるかもしれませんね」

その声はどこか楽しそうに聞こえた。

充留に——彼にとって本物の悠に会いたいのだろうか。真実を暴いて、彼を取り戻したいんだろうか。

そうだよね。僕にとっても、充留にとっても、いまの形が本来のものだって感覚でわかってるけど、他人にとっては偽物でしかないんだから。

ここで本当のことを言ったら、夏木さんはすぐにでも彼を迎えに行きそうだ。

容れものとしてだけじゃない僕を見て、求めて欲しいって思うのは、贅沢《ぜいたく》すぎる望みなんだろうな。

「……悠さま、大丈夫ですか?」

伸ばされた手から、とっさに逃げていた。といっても、椅子に座ったままだから、上半身を後ろに引いただけだ。

夏木さんは手を止めて、それからすぐ引っ込めた。夏木さんがもっと踏み込んできたら逃げられっこなかったけど、そんなつもりはないらしかった。

ふっ、と小さな息がもれるのが聞こえた。

「顔色がお悪いですから、少しお部屋で休まれては?」

「平気です。絵を描きたいので」

頭のなかを空っぽにするためにも、いまは絵筆を握りたい。それにこうなった以上は、いつまでこうして描いていられるかわからないし、時間が惜しく思える。

黙って出て行きかけた夏木さんが、ふと思いついたように立ち止まった。

「ところで、この絵はいただいてもかまわないものですか?」

「……いいですよ。習作ですけど」

「二枚ともいただいても？」

「どうぞ」

そう言えば欲しいって言われてたっけ。夏木さん、絵が好きなのかな。それとも僕の絵、少しでも気に入ってくれた？　そうだったら嬉しい。

一人になったあとも、悶々《もんもん》とこれからのことを考えた。絵を描こうと筆を握ったのに、少しも気持ちが入っていかない。

こんなことは初めてだ。どんなときだって、絵を描くときだけはすぐ目の前のことに集中できたのに。

どうするのが一番いいんだろう。

ああ、そうだ。充留に電話をして、事情を話して、謝らなきゃ。でもこの時間じゃまだ仕事中だ。せめてメールをしておかなきゃ。

スマフォを取り出して、まったく違う名前で登録されているアドレスを呼び出す。念のためにそうしようと充留が言い出したんだ。調査されてしまったこと、ほとんどバレてしまっていることを打って、送信する。

三分くらいで返信があった。仕事中のはずだけど、隙を見て確認したらしい。返信は、トイレ休憩といってレジから離れて打ったみたいだ。

曰く「認めるなよ。押し通せ。どれだけ前の俺たちとの違いを指摘されたところで、証拠になんかならないんだから。偶然生き別れの双子の兄弟に出会って話して、いろいろ感化されたり思うところがあった……でいけるはず。頑張れ！」だった。

その通りだ。たとえ夏木さんに追い詰められてしゃべることになったとしても、それは僕の妄想で片付けられる。いきなり態度や言葉遣い、趣味や性格が変わったことだって、二十年ぶりの再会をした兄弟に傾倒するあまり言動が近づいていった……なんて、ちょっと無理矢理な説明をつけてしまえばいい。

大きく深呼吸をして、気持ちを落ち着かせた。それでも筆を動かす気にはなれなかったから、目を閉じてただじっとアトリエで座っていた。

家のなかが慌ただしくなったように感じたのは、それから三十分くらいたった頃だった。音が聞こえるわけでもないのに気配でわかるなんて相当だ。僕はこういうことに聡《さと》くない。気になってアトリエから顔を出すと、ちょうど瀬沼さんが通りかかった。彼はこの時間、休憩中のはずだ。昼食は終わってるし、夕食まではまだ時間があるし、仕込みに時間がかかるメニューだったとしても、携帯電話を片手に焦った様子で歩いてるなんて、ないはずなんだけど。

「どうかしたんですか？」

「あっ、いやそれが、旦那さまが急にお戻りになりましてね。急いで注文を」

「そ……そう、ですか。すみません、引き留めちゃって」

「とんでもないです」

笑って言ってくれたけど、歩きながらボタンを押してる。たぶん食材が足りないか、ストックにないものを食べたがったか、だと思う。

本当に急だったみたいだ。変な緊張感が家のなかに漂ってる。

お母さんは迎えに出たのかな。夏木さんはどこに行ったんだろう。アトリエはそのままにして部屋から出て、静かに自分の部屋へと戻る。父親の――っていうか夫婦の寝室は二階にあるけど、僕と夏木さんの部屋とは階段を挟んで反対側だ。書斎は寝室の隣で、夏木さんの部屋の向こう側らしい。

ぼくがここへ来て、初めて帰ってきた父親。今度はいつ帰ってくるかわからない人だ。だったら、このタイミングを逃さないほうがいい。

階段を上がりきったところで、お茶を持って行こうとしてるお手伝いさんを呼び止めて、話せる時間が取れるかどうか父親に聞いてくれと頼んだ。

部屋で待ってると、すぐにノックがあって、返事を伝えてくれた。三十分後くらいに書斎へ来いってことだった。

三十分のあいだに覚悟を決めて、言うべきこととか、返されるだろう言葉だとか、それに対する返答だとかを考える。シミュレーションだ。

そうしてほぼ三十分後ぴったりに、僕は書斎のドアを叩《たた》いた。

ノックしてから数秒待って、ドアを開く。この家でのルールに則った。

窓際のデスクに座っていた父親――篠塚保《たもつ》は、僕と目があっても表情を変えなかった。冷め切った顔だった。

あんまり薫くんに似ていない。僕にはまったく似ていなかった。そのせいもあって、父親への感慨はちっとも湧かなかった。

「なんの用だ」

表情と同じように温度のない声と言葉にも、僕が怯《ひる》むことはない。まだ一ヶ月足らずだけど、僕が変わるには充分だったらしい。あからさまに歓迎されてないってわかる相手なのに、ちゃんと目をあわせていられた。

「将来のことについて、僕の考えを言いにきました。早いうちがいいと思って」

さすがに笑顔は浮かべられなかったけど、声は震えてなかったし、おどおどしてもいないと思う。

父親は眉根を寄せて、僕の言葉を待った。

「跡継ぎの候補から外してください。篠塚系列の会社にも入りません。やる気もないし、向いてないですから」

さすがにいきなりだったせいか、父親は意外そうな顔をした。でも純粋に驚いてるっていうよりは、ものすごく不愉快そうだった。子供たちは、敷かれたレールの上を黙って走るのが当然っていう考えだから、異を唱えられてムッとしてる感じ。

「それで、おまえはなにをするつもりだ？」

「ずっとやりたかったことをやりたいと思います」

「ちなみにそれは？」

「絵です。僕は絵に携わる仕事がしたいんです」

ここまでは予想していた流れとそう大きく違いはなかった。だから受け答えもスムーズだった。

そして父親の顔に、嘲《あざけ》りの表情が浮かぶことも、ある程度は予想できていた。

「はい」

「だったらおまえは不要になるが、それでもいいのか？」

「おまえが思っているほど甘くはないぞ。すでにおまえは二十歳《はたち》だ。親としての養育義務の期間は終わっている。わたしの一言で、無一文でこの家から追い出されることになるが、それでもいいのかな」

「覚悟はできてます」

悪いほうの可能性として考えていた話の流れになった。けど、自分でも言ったように覚悟はできていた。

「では勝手にするといい。やる気のない者はいらないからね。大学の退学手続きは夏木にやらせる。なるべく近いうちに出て行きなさい」

あっさりとしたものだった。こう言えば僕が撤回すると思っているのか、本当にどうでもいいのか……たぶん後者だろう。

父親が欲していたのは、あくまで自分の後継者なんだ。子供、という意識は昔からなかったんだろうな。僕の話し方や雰囲気が変わっても、この人は気付かない。あるいは気付いても取るに足らないことなんだ。

父親はもう僕のことを見ていなかったけど、一応頭だけ下げて退室した。言葉はなにもかけなかった。

部屋に戻ると、自然に大きな溜め息がこぼれた。

「後戻りできないよね……」

あれは本気で言ったんだと思うけど、もしそうじゃなかったとしても、僕の意思が変わらない以上はいずれ軋轢《あつれき》が生まれるだろう。

もともと僕は一人だったし、頼りないながらも社会人だったんだ。ここを出て、一人暮らしをしながら生きていけ、と言われても、まぁなんとかやっていけるはず。住む場所だって、保証人なしで貸してくれるところはあるし、頼めばお母さんはこっそり協力してくれそうな気がする。

でも、寂しさはあった。せっかく仲よくなった薫くんや、ようやく話せるようになったお母さん、いつも笑いかけてくれる瀬沼さんたちと離れるのは寂しい。

そして夏木さんと離れるのは苦しい。

「でも……いいタイミング、かなぁ……」

自分を見てもらえないまま、顔をあわせていくのはつらい。それに僕の秘密も、バレてしまったみたいだし。

そうだ、一応夏木さんに言ってこよう。僕の世話係なんだし、父さんから退学手続きの話を聞くよりは、先に僕から知らせたほうがいいはずだ。

でも夏木さんはいなかった。ノックして入った部屋はがらんとしていて、相変わらず殺風景だった。僕たちの世話をしていないときは、ここでパソコンを開いて作業をしていたり電話をしていたりする人なんだけど、まだ戻っていないらしい。

「ない……」

なにも飾られていない壁を見て、がっかりした。

てっきり持って行った二枚の絵は、飾ってくれるんだと思ってた。見当たらないってことは、別の場所にでも飾ったのかな。本当は夏木さんの部屋に置いて欲しかったけど、仕方ない。あげたものなんだから、どうしようと自由だ。

へこんでしまったけど、自分を奮い立たせてまずはアトリエを片付けることにした。二往復くらいして、すべてを部屋に運んだあと、ふと思う。出て行くことになったときはこれを持って行ってもいいんだろうか。無一文って父親は言ってたけど、これは夏木さんが買ってくれたものだし、いいのかな。

「あ……そうだ。いまのうちに……」

鍵付の引き出しを開けて、悠名義の通帳を取り出した。

入れ替わるのと同時に、こういうものも僕のものにはなったけど、やっぱり使うのは気が引けるんだ。これって親がよく子供名義で作ったような口座じゃなくて、充留が自分で作ったものだって聞いてる。子供の頃からのお小遣いとかお年玉とかが、ここに入ってるんだって。すぐやめさせられたアルバイトの給料も、記念だからって入れたらしい。

やっぱりこれは、充留に返すべきだと思う。さすがに父親もこれを取り上げたりはしないと思うんだけど、念のために解約して現金化して送っておこう。

「えーと……これ、窓口でないと無理か。なんでこんなに貯《た》まるかな」

思わず笑いがこぼれてしまった。お小遣いとお年玉で、なんで二百万も貯まるの。いい加減驚き慣れたつもりだったけど、やっぱりとんでもない家だ。

とにかく銀行の窓口へ行かないと。マズい、あと三十分で閉まる。僕は通帳と印鑑をバッグに入れて、家を出た。

初めての、一人での外出だ。正直道は全然わからないけど、ここ数週間で覚えたスマフォの機能を使って、現在地とか最寄りの銀行だとかを割り出した。

相変わらず暑くて焦げそうだった。

住宅地の人通りは、思っていたよりもずっと少なかった。これなら夏の水里のほうがずっとにぎやかだ。

歩きながら、とにかく充留に連絡をつけなくてはと、スマフォを操作する。歩きながらだとメールを打てないから、仕方なく電話にする。出られないことは承知してるから、最初からメッセージを入れるつもりだった。

「えっと、悠……です。銀行口座、教えてください。実はいろいろあって勘当されるみたいだから、例の通帳を解約して全額そっちに振り込みたいんだ。いまから銀行に行くので、できれば早めにお願いします」

えーと、ひとまずこんなものかな。完了しようとしたら、後ろから「篠塚」って声をかけられた。

名字を呼ばれ慣れてないから、とっさに反応できないんだけど、スマフォの操作を終わらせながら、なんとか自然に振り返ることができた。

横づけされたミニバンの助手席から、同じ年くらいの男が笑いかけてくる。会うのは初めてだけど、来島くんだ。後ろにも二人乗ってるから、もしかしたら全員水里のメンバーなのかもしれない。

四人とも、いまどきの遊んでる大学生って感じで、ちょっと苦手だと思った。

「久しぶり。もう全然出てきてくんねーからさぁ、ダメもとで家に迎えに行って、遊びに行こうかって話になったんだよ。タイミングよかったな」

「あー……あの、ちょっと急いでて」

「だったら乗っていけば？　って、俺が言うのも変な話だけどさ。いいよな？」

「いいよ」

「だってさ。これ、松原《まつばら》の親父の車なんだよ。せっかくの新車だし、乗んなよ。で、用事すんだら遊ぼうぜ」

「ありがとう。でも、遠慮しとく。用事、すぐには終わらないだろうし、気にしないで遊びに行って」

なんとか角が立たないように断ってみる。充留がどんなふうに彼らと接してたかは知らないから、真似しようもないしね。

「まぁそう言わずにさ」

がらりと後ろのドアがスライドしたと思ったら、口を塞《ふさ》がれて車のなかに引きずり込まれていた。

ちょ……なにこれっ！

ニヤニヤ笑う来島くん……いや、来島の顔がやけに目に焼き付いた。

後ろから抱きつくような感じで、僕は車に乗せられてしまった。マズいと思ってもがいたときには、足元でドアが閉まっていた。後部座席にいたもう一人が素早く閉めて「よし」って言った。

「捕獲成功っと」

すでに車は走り出してて、全開だった助手席の窓も閉まってる。

暴れようと頑張るけど、相手は僕よりたっぷりひとまわり以上大きいし、力も信じられないほど強い。そんな男が両腕と両脚を使って拘束してるんだから、どうやったって逃げられるはずがなかった。

「はいはい、いい子にしててね」

「バッグ調べろよ。通帳入ってんのか?」

「おー、入ってる入ってる。印鑑と通帳……お、さっすが篠崎のおぼっちゃん。二百万ちょいあるぜ」

「なんだ、期待したほどじゃねーな。山分けするとなると、一人頭五十万かよ」

「いいじゃん、充分だよ。んー、キャッシュカードはなしだな。あ、クレジットカードならある。お、アメックスのプラチナだ。家族カードだけど。これで買いものしちゃおうぜ」

「おい、チェック終わったら、さっさとガムテ貼って縛っちまえ」

「りょーかーい。あ、着信……とりあえずオフ、と」

スマフォの電源が落とされてしまった。ちらっと見たら、相手は充留だった。きっとメッセージに気付いて折り返してくれたんだろう。

それからすぐに僕の拘束は本格的なものになってしまった。口はガムテープで塞がれて、手と足は布で縛られた。

なにが起きているかはわかってるけど、信じられなかった。仮にも友達にこんな真似をして、金を奪おうなんて。

でもキャッシュカードは持ってきてないし、窓口は僕が行かないと下ろせないはずだ。二百万円下ろすなり解約するなりするなら、身分証明書の提示を求められるだろう。そもそも強要されたところで、僕がそれを訴えてしまえばそれまでだ。高額のカツアゲのようなものなんだから。

「だめじゃん、篠塚。道ばたで、あんな話しちゃ」

助手席から振り返った来島は、さっきよりさらにニヤニヤしてる。たぶん世間的にはイケメンって言われるタイプなのかもしれないけど、生理的に無理だ。

「勘当されるってマジか？　なにやったんだよ、まったく」

「そうだよ。おとなしく良家のご子息でいれば楽なのに。ってことは、弟くんが跡継ぎ決定ってことか」

「薫だっけ？　あいつは近づけねーなぁ」

「しかも兄貴からの乗り換えじゃ、無理無理」

「甘い汁も、ここまでかー。ま、最後に五十万ってのは美味しいけどさ」

夏木さんの言葉を思い出した。金づるって言ってたのは、こういうことなのか。

「ま、俺はほかにも特典があるけどな」

舐《な》めるような来島の視線に、いやな予感を覚える。この手の視線は、水里にいた頃からあったからだ。

「出た、ガチホモ！」

「ホモじゃねーよ、バイだっつってんだろ。男でも可、って程度だぞ」

「よく言うよ。前からヤラシイ目で篠塚のこと見てたじゃん」

「ははっ、バレてたか。やべー、ムラムラしてきた。ちょっと会わないあいだに、色っぽくなったよなぁ？　男とうまくいってんのか？」

思わず身を固くした。なにをどこまで知っているんだろう。来島の目には欲望の色しかなくて、しかもすごく下卑《げび》た感じだから、見られてるだけでぞわぞわして、逃げ出したくてたまらなくなった。

「なにそれ、どういう意味？」

「悠チャン、前から男がいたみたいだぜ。隠してたつもりだろうけど、キスマークとか雰囲気で、そういうのわかるからな」

「マジで？　全然気付かなかった」

「おまけになんか、いい感じに可愛くなっちまって、たまんねーんだけど。ぐっちゃぐちゃに犯してぇ」

「前から可愛い顔してたじゃん」

「雰囲気だよ、雰囲気。わかんねーのか？　やっべ、楽しみー。あ、おまえんちビデオあるっけ？」

来島が運転手の松原に話を振ると、「あるけど」という気が乗らなさそうな返事があった。彼はほかの三人よりテンションが低い。乗り気じゃないように見えるけど、運転手として車を提供してこんな犯罪に手を貸してる時点で同罪だ。

「え、やってるとこ撮んの？　ＡＶじゃん！」

「つーか、撮る必要があるだろ。おまえら、どうやって悠チャンに金下ろしてもらうつもりだったんだよ」

「あー……なるほど、そういうことか」

「だったらさ、レイプっぽいとこよりも、悠チャンが男に犯されてアンアン言って喜んでるとこのほうがよくね？　そのほうが脅迫材料として効果ありそうじゃん」

「おいこら脅迫って言うな。俺らがすんのは『お願い』だぞ。悠チャンと俺がセックスすんのは別問題。だろー？」

「そうそう、そうだったわー。悠チャンは男好きだから来島ともセフレで、二百万貢《みつ》いじゃうんだよな」

下品に笑う声がひどく耳障りだった。言ってることも気持ち悪いし、舌なめずりしてる来島も気色悪い。僕を抱きかかえながら笑う男がどう思ってるかは知らないけど、目の前でこんな話をされてしまったら、絡みつく腕だって気持ち悪く思えて仕方なくなった。

何度も夏木さんに抱かれた身体だけど、男なら誰でもいいっていうわけじゃない。ここにいる彼らも含めて、僕は夏木さん以外に抱かれるのはいやだ。

「こらこら、目的忘れんなよ」

「わかってるよ。おまえらこそ、撮影しっかりやれよ」

「任せてー」

恐ろしいことを、けらけら笑いながら言いあう彼らに、絶望的な気分ばかりが募る。勝手に身体がガタガタ震えて泣きたくなってきた。

「かっわいーの。涙目になって震えてるじゃん」

「……なんか、俺もやれそうな気がしてきた」

「お、マジで?」

「意外と抱き心地いいし、この首の細さとか色の白さとか、クるわ。顔は文句ないしな。そこらの女より可愛いよな」

「だろ？　肌もきれいだしな、悠チャン。うは、３Ｐか。ますます楽しみ」

「俺、押さえる役くらいならできるよ」

「どーでもいいけど、うちを汚すなよ。それと、俺の部屋狭いから無理だぞ」

「シーツ二枚くらい貸してくれれば大丈夫だって。リビングでいっか。広いほうが、いろんな角度で撮れそうだしな」

聞くに堪えない話は、松原って人の家に着くまで続けられた。

たぶん三十分くらい走ったと思う。一軒家で、ガレージが半地下になってて、なかから直接家に入れる作りだった。両親は海外旅行中だ、っていう会話が聞こえた。

「ガムテ外して、なんか布嚙《か》ませとけよ。痕つくと、ヤバい」

「おっけーい」

口のガムテープが外されて、叫ぶ間もなく猿ぐつわをされた。室内は閉め切られてて、エアコンが効き始めてる。

「俺ちょっと、買い出し行ってくるから、適当に始めてて。正直、あんま見たくねーんだわ。男同士とか、ねーし」

そう言って松原は家を出て行った。残る三人はカーテンを閉めて、家具を寄せてスペースを作ってからシーツを二重に敷いた。

カメラは固定されている。自ら押さえ役、と言っていた彼は、手を縛っていた布を外して床に押さえつけて、頭上でニヤニヤ笑った。

「悠チャンがノッてきたら、顔と下半身を中心に撮ったげるからさ」

「上手い具合に編集して、どっかに売りつけてみるか」

「それいい！」

ひどい悪のりだった。こんなことを笑いながら言いあえる神経が理解できない。

足首を縛っていたものも取られて、少し開く形でもう一人に押さえられた。張り付けにされた僕を見下ろす来島はギラギラした目をしていて、鳥肌が立った。

「服ビリッとやったらヤバいか？」

「あのさー、服なんてビリッと破けないよ。せいぜいシャツのボタン飛ぶ程度だって。それカットソーだし、無理無理。それに高い服なんじゃないのー？　弁償できんの？」

「カードで買えばいいじゃん」

「ま、それもそうか。あ、最初に切れ目入れといたら、できるかもー。ハサミのほうが切りやすいかな」

あっさりポケットからツールナイフが出てきたことに愕然《がくぜん》とする。ナイフのほかにハサミだとか缶切りだとかドライバーがついてて、全部が収納できるものだ。

カットソーの何ヶ所かがハサミで切られていく。相手が刃物を持っていると思うと、暴れるのも怖い。それにこの先のことを考えたら——。

ビッと布が裂ける音がして、はっとした。

「うは、本当だ。ちゃんと破れねーわ。これ切ったほうが早いな」

面倒くさくなったらしい来島がカットソーの真ん中を下から上まで切り裂いて、ようやく満足そうな顔をした。

胸の下あたりを撫でられて、全身が総毛立った。もちろん嫌悪で。じっとりとした手が気持ち悪くてたまらなかった。

「ひゃー、すっべすべ」

「あれ、なんか悠チャンなら俺もいけそーな気がしてきた。怯《おび》える顔とか、たまんね」

「だろ？　よし、輪姦《りんかん》しよーぜ。超燃える」

暴れても無駄ってことはわかってるのに、どうしても抵抗をやめられない。

もがいても二人がかりで押さえられてる手足は自由にならないし、声を出しても外まで届きそうもなかったけど。

穿《は》いたジーンズを脱がされそうになったときに、買い出しに行った松原が戻ってきた。

「あれ、早いな。コンビニ近いんだっけ？」

「……いや、その……」

リビングの入り口のところで立ち止まって、松原はちらちらっと背後を気にしてる。顔も引きつってて、様子がおかしい。来島たちも不自然な態度に気付いたらしくて、手が止まっていた。

「実は……うわっ……！」

松原が転ぶようにしてリビングに入ってきた。まるで誰かに突き飛ばされたような……。

「っ……」

あとに続いたのは夏木さんで、さらにその後ろには薫くんがいる。とっさのことに僕は彼らを見つめることしかできないけど、それ以上に驚いて固まってるのは、さっきまで下品に笑ってた三人だった。

「な……なんだよ、てめぇ……っ」

彼らが我に返る前に、夏木さんと薫くんは僕を押さえつける彼らを蹴散らし——文字通り蹴ってた——、夏木さんが僕を抱き起こしてくれた。

夏木さんの腕に包まれて、胸に顔を埋めたら、とうとう涙が出てきてしまった。

抱きしめてくれる腕には力強さを感じるけど痛くはなくて、ああ助かったんだ大丈夫だって、身体中から力が抜けた。

そんな僕の背中を軽く叩きながら夏木さんは言った。

「薫さま、カメラのデータをお願いします」

「おっけー」

「ちなみに直前の会話は、こちらのボイスレコーダーで録音しましたよ。さて……来島昭利《あきとし》くん、松原徹也《てつや》くん、臼井健太《うすいけんた》くん、深沢信《ふかざわしん》くん」

フルネームで呼ばれて、息を呑む気配がした。でも夏木さんの視線は彼らには向いてなくて、僕を見つめたまま口の猿ぐつわを外していた。

「君たちのことは、以前からよーく存じ上げていました。君たちの小学校時代からの交友関係や素行、補導歴。ご家族ならびにご親戚の名前、住所、仕事や資産……まぁ個人データになりますが、そういったこともですよ。もちろん松原くんのお父さまが、うちの系列会社の役員だということもです」

「夏木、消去完了」

「では行きましょうか。ああ、それとご存じなかったようなので、教えておきますね。君たちが悠さまを拉致した場所は、防犯カメラに映り込む位置なんです。あの通りには何ヶ所かカメラが設置してありましてね。すでに映像は押さえさせていますから、そのおつもりで。誘拐監禁の罪で警察の世話になりたくはないでしょう？　全員すでに二十歳の誕生日を迎えていらっしゃいますしね」

「二度と兄貴に近づくんじゃねーぞ」

薫くんがドスのきいた声で言うのと同時に、夏木さんは僕を抱き上げた。いまの僕には逆らう気もない。夏木さんにそうしてもらうのに慣れちゃった、っていうのもあるけど、立てないのも確かだった。

来島たちは追ってくることもなかったし、声を出すこともなかった。それはそうか。しっかり釘を刺された……というより、脅しをかけられたんだもんね。

玄関前には夏木さんの車が横づけされてて、幸いなことに前庭の木が周囲からの視線を遮る役目を果たしてる。さっと横をすり抜けて前へ出た薫くんが後部ドアを開けると、夏木さんは僕をそっとシートに下ろした。

そして自分も乗り込んできた。

「おい、ちょっと待て。俺が運転すんのっ？」

「早く出してください薫さま。練習ですよ、練習」

三ヶ月前に免許を取ったばかりの薫くんが、ぶつぶつ言いながら運転席に座った。助手席に置いたのは僕のバッグだ。中身をチェックして、リビングに僕の私物らしいものが落ちていないかを調べていたのはさすがだと思った。

そのあいだに夏木さんはまた僕を抱きしめて、あやすように背中を撫でてくれた。

薫くんの運転は危なげなくて、とても初心者とは思えなかった。

「大事には至っていませんね？」

頷くと、ほっとしたような息がもれた。

しがみつく指先はまだ震えてるけど、これはたぶん安心したせいだ。言葉が喉に引っかかって出てこないのもそうだった。

頬に手が添えられて、顔を上げたらキスをされた。

触れるだけの軽いものだったけど、久しぶりのキスだ。嬉しくて、別の意味で手が震えそう。

「ちょっ……なにやってんだよ夏木っ！」

ルームミラーに映り込んでいたらしくて、薫くんがものすごい声で叫んでた。事故起こしそうで怖かった。

「見てたんですから、わざわざ聞くこともないでしょう」

「さっきあんなことがあったばっかかなんだぞ！　それじゃ、あいつらと同じじゃねーかよ！」

「一緒にしないでください。悠さまがいやがっていないんですから、問題ありませんよ」

「いい加減なこと言うな！　兄貴、ちゃんと言わなきゃだめだぞ。いやなら、いやって。セクハラ禁止って！」

白熱してる薫くんを見てたらすごく冷静になってきた。夏木さんが抱きしめてキスしてくれたせいもあると思う。

でもどうしよう。薫くんになんて答えるべき？　いやじゃないから、いやだって言ったら嘘になるし、本当のことなんて言えないし。

困っていたら、夏木さんはもう一度僕にキスをした。

「二十歳にもなって、キスごときで騒がないでください」

「兄貴が穢《けが》れるだろ！」

「大丈夫ですよ。悠さまは、この通りきれいです。バードキスで穢れるようなら、とっくに穢れきってますよ」

「まさかおまえ、前から……！」

「ええ」

しれっと言っちゃった。それでもセックスしてることまでは言ってないから、まだいいけど、大丈夫なのかな。

「セクハラだ、セクハラ！　兄貴、だめじゃん黙ってちゃ！　こいつクビにしよう。危ないよ、ヤバいって」

「いや、あの……」

薫くんのテンションに押されてる場合じゃない。ちゃんとここは合意だってことを……あれ、合意だったっけ？　一度も意思を確認されたことがないんだけど、抵抗しないと合意したことになるのかな？

これでも最初の頃は頑張ってしてたよ。でも途中からは諦めちゃって——というか、抵抗できなくなるタイミングが早くなってきて、そのうちまったくしなくなっちゃったんだ。

「ええと……とりあえず、セクハラではないから大丈夫だよ」

「え……」

「あの、うん……いやじゃ、ないから。夏木さんがいなくなったら、困るし」

薫くんの認識ではキスだけってことになってるはずだから、合意みたいな言い方をしても問題はないだろう。たぶん。

でも薫くんはショックを受けてるみたいだった。やっぱり兄と世話係が男同士でキスなんて、いやなんだろうな。しかも合意。

なんだか申し訳ない気分だ。本当のことがバレないといいな。

「そんなことより、このままでは帰れませんから、服をなんとかしましょう。今日は旦那さまもいらっしゃいますからね」

夏木さんは強引に話を変えた。

でもこんなボロボロの格好で帰れないのは確かだ。父親もいるしお母さんもいるし、瀬沼さんたちだっている。

前のほうから小さな舌打ちが聞こえた。

「どうすんだよ。つか、兄貴に触んな」

「指示通りに走らせてください」

「無視すんなっ。兄貴を誑《たぶら》かしやがって。つーかなんでおまえが後ろで俺が運転手なんだよ。逆だろっ」

文句を言いながらも薫くんは言われた通りに車を走らせる。基本的に素直なんだよね。

そのあとすぐに、夏木さんはあんなことになった理由や状況を説明するように言ってきた。

目的地に着くまでのあいだに、僕は父親との話も含めて、経緯を話した。解約するつもりだった預金の行き先については黙ってたけど。

薫くんは父親に対してぷりぷり怒ったし、夏木さんは深い溜め息をついた。

「ネットバンキングという頭は……なかったようですね」

「え……あ……」

そういえばそんなものもあったような、なかったような。あの通帳にも、確か別のカードがあったはずだ。でも確かに僕の頭にはなくて、とにかく窓口へ行かなければ……って思ってたんだ。

落ち着いてくるといろいろ疑問が浮かんできた。どうして二人は松原の家だと突き止めたのか、どうやって数分のタイムラグで追いつけたのか、不思議なことばかりだった。

「あの……僕からも質問して、いいですか？」

「ええ」

「どうやって、あそこに……？」

「充留さんから、お電話をいただいたんですよ」

「え……」

ドキッとした。夏木さんの口から充留の名前が出ると、気持ちが揺れてしまう。いやだ、って思ってしまう。醜《みにく》いこの感情をコントロールすることができない。

ひどい話だ。充留は僕にとって大切な存在なのに、こんな感情を抱くなんて。

いまの顔を見られたくなくて、僕は俯《うつむ》いた。

「あなたに電話が繋がらないといって、篠塚の家に電話をくれましてね。悠さまがあぶないかもしれないとおっしゃったんですよ」

メッセージの最後に入っていた来島の声を、充留は聞き取ってくれたらしい。折り返しかけても繋がらないことで焦り、家に電話して夏木さんを呼び出したようだ。記憶してる番号がほかになかったからだろうな。

充留は最初に松原を当たってみてくれと言ったらしい。車を乗りまわすのは彼だけだから、という理由だったが、見事に当たっていた。

充留には感謝してもしきれない。もし充留が気付いてくれなかったら、間違いなくあのまま犯されてた。それも三人がかりで、ビデオまで撮られて——。

考えただけでぞっとした。

さっき充留のことで「いやだ」と思った自分が恥ずかしい。僕は最低だ。

「あとであなたの無事は伝えておきます」

夏木さんは充留と話してどう思ったんだろう。電話で話したってことは、夏木さんが知ってる「悠」そのものという印象だったはずだ。だって僕たちは声もそっくりだから、実際に話したら充留が以前の悠だって確信したんじゃないかな。

それでも助けにきてくれた。薫くんも引き連れて、あの状況から救い出してくれて、いまこうやって抱きしめてもくれる。

やっぱり夏木さんは優しい。

しばらく走って、着いたところは、小さなコテージみたいのものが連なってる建物だった。水里にもこんな感じの宿があったっけ。もっと広くてファミリーで泊まれるようなところだけど。

「ちょっ……ここ、ラブホじゃん！」

薫くんが動揺してる。たくさんの女の子と付きあってたわりには、反応が可愛いな。

「シャワーも使えますし、出入りも見られませんから、ちょうどいいんですよ」

「ラブホなんですね」

こういうタイプもあるのか、知らなかった。もちろんどんなタイプだろうと、入ったことはないんだけど。

「行きましょう、悠さま」

「待て待て！　だめだろ、夏木と二人っきりとか、絶対だめだって！」

「なにもしませんよ」

「信用できねーよ」

「だったら薫さまもご一緒にどうぞ。男三人で入るのはシュールですが、まぁセックスが目的じゃありませんし、いいでしょう。ああ、トランクを開けてください」

夏木さんはさらっと言って、僕の手を引いて外へ出ると、トランクからシャツを取り出して部屋に入った。夏木さんは常日頃から、替えのスーツやシャツを、一式車に積んであるらしかった。

あとからついてくる薫くんはおとなしい。若干、挙動不審かもしれない。

まっすぐバスルームに連れて行かれて、シャワーでさっぱりするように言われた。確かに触られたのは気持ち悪かったし、暑くて汗もかいたから、素直にシャワーを浴びることにした。

浴室がやたらと広いのは、カップル用だからかな。唐突に、ここがどういう目的で使うところが思い出して、顔が赤くなった。いまさらだけど、さっきはベッドを見る余裕もなかったんだ。

そんなに触られたわけじゃないから、さっと洗って服を身に着けた。カットソーはもう捨てることにして、夏木さんのシャツを着てみた。

かなり大きい。わかってたけど、着やせするタイプというか、ちょっと見た感じよりも身体がしっかりしてるんだよね。だからシャツのサイズもそれなりだ。僕が着ると肩も落ちるしブカブカだ。袖《そで》も余るから折り返した。丈《たけ》も長い。

バスルームから出て行くと、落ち着かない様子で椅子に座ってた薫くんが目を剝《む》いた。

「彼シャツ……」

「悠さま」

薫くんがなにか言ったあと口を押さえてじたばたし始めたけど、夏木さんに呼ばれてすぐに意識をそっちに向けた。

ベッドに座ってノートパソコンを広げていた夏木さんは、それを閉じて立ち上がると、長居は無用とばかりに部屋を出て行く。今度も僕の手を握っていた。もちろん薫くんもついてきて、今度は後部座席に座った。運転手交代だ。

「だ……大丈夫なのか？」

「うん。もう平気」

「そ、そか」

ちょっとぎこちない会話をしているうちに、大きな幹線道路へ出た。心配そうな薫くんは、何度も話しかけてこようとしては、言葉に詰まっている。

やっぱり薫くんは可愛い。思わず笑うと、かなりたじろがれてしまった。

「悠さま、喉が渇きませんか？　大丈夫ですか？」

そういえば喉がからからだ。緊張していたせいもあるんだろうな、声はほとんど出せなかったから、叫んだせいという線はなさそうだ。

「俺、買ってくるわ。なにがいい？」

「じゃあ、普通のお茶」

「了解」

夏木さんが車を路肩に寄せて停止すると、薫くんは即座に飛び出していった。すぐそばに自販機があった。お茶もあるみたいだ。

って思っていたら、車が動き出した。

「え？　あ、薫くんっ」

走行車線に戻った車が、みるみる薫くんから遠ざかっていく。あ、気付いたみたい。唖然としてる。その直後に、ほかの車と距離のせいで、まったく見えなくなってしまった。

「あの……これは一体どういう……」

「ああ、気にしなくても大丈夫ですよ。財布も持っていますし、一人で帰れますから。わたしたちは、これから水里へ行きましょう」

「え……」

水里と言われて、顔がこわばった。

「もともと明日から夏期休暇でしたから、行こうと思って宿泊先を押さえてあったんですよ。いい機会です。決着をつけましょうか」

「……充留に、会うため……ですか？」

「ええ」

やっぱり、っていう気持ちだった。別に驚くようなことじゃない。そのうちこうなるだろうなと思ってたことが、いまになっただけだ。

それでもやっぱり、悲しさや苦しさはあった。

黙り込んでしまった僕に、夏木さんはなにも言わなかった。さっきあれだけ近く感じたのが嘘みたいだった。


別荘は思っていたよりもずっときれいで、かなり新しそう。水里駅からも最寄りのインターチェンジからも結構な距離がある別荘地に建っていて、食材以外のおおよそすべてのものが揃っていた。間取りは3ＬＤＫ。完全にファミリータイプだ。この人、一人でこんなところ泊まるつもりでいたのかな。

食料はここへ来る途中にスーパーに寄って、四泊分を買い込んできた。僕は車のなかで待ってただけだったけど。

いまは五時半。気温はぐっと下がって、東京の気候に慣れつつある身体には、寒いくらいに感じられた。

ここに来てから……違う、水里へ行くと言われたときから、僕の心は乱れっぱなしだ。千々に乱れるって、こういうことを言うんだろう。

夏木さんは食材を冷蔵庫に入れ終えると、時計を見てから僕に目を寄越した。

「仕事が終わるのは、確か六時でしたか。充留さんに、メールか電話を入れておいてもらえますか？」

ずっと玄関先に立ち尽くしていた僕は、とっさにかぶりを振っていた。

「い……いやです……」

紛れもなくそれが本音だった。充留に会わせたくない。彼のもとに行ってしまうのを——違う、夏木さんが彼を取り戻そうとしているのを、黙って見ていることなんてできない。

仕方なさそうに僕を見つめながら、夏木さんは目の前まで来た。大きな手が、そっと僕の両肩に置かれた。

「決着を、つけたいんですよ」

「いやだ……！」

身勝手なことを叫んで、僕は夏木さんに抱きついていた。玉砕する覚悟なんてできていない。でも、このまま黙っていることもできそうになかった。

「好きです。夏木さんが好きなんです」

「悠さま」

「別人みたいに変わってしまった僕には、もう価値はないですか？」

「……みたいに、ではなくて、別人なんでしょう……?」

突き放すような声ではなくて、優しい響きだった。でも僕の指先から体温を奪っていくには充分な言葉だった。

やっぱりわかってる。当然だ。だからここまで来たんだ。

体温をなくした指が震える。かきむしるようにしがみついたのは、離したら夏木さんが行ってしまいそうに思えたからだった。

「……僕じゃ……だめですか……」

震える声で言って、顔を上げた。

夏木さんは目を細めて笑っていた。びっくりするほど甘い顔に見えた。

肩にあったはずの手は背中にまわされて、しっかりと抱きしめられていた。

「だめなはず、ないでしょう。あなたがいいんですよ」

「え、ぼ……僕……?」

それってこの僕のこと? 中身が変わったあとの悠?

「決着と言ったのは、本当のことを確かめるためですよ。たぶんあなたが考えていたこととは違います」

夏木さんの言葉に力が抜けた。へなへな座りこんでしまいそうな僕は、抱きかかえられてソファへと移動した。ソファでは腰を抱かれてぴったり寄り添って座るような感じだ。

「調査をさせていたのも、あなたが無事だったという確証が欲しくて始めたことです」

「無事……？」

「本当にあなたが被害を受けていないか……ようするに、どこかの誰かに身体を奪われていないか、立証したかったんです。充留さんのことは副産物でした」

「あ……それは、本当になんでもないんです。ずっと充留といたんです」

たぶん夏木さんはもう全部わかってるんだろうけど、一応言った。

「安心しました。ほかの男があなたに触れるなんて、考えたくもないですから。思えば、一目惚《ひとめぼ》れに近かったですからね」

「はい？」

「水里から戻ったあなたに会って、どうしようもなく惹《ひ》かれました。それで、調べるという名目でつい手を出してしまいました」

それは仕《つか》える側としてどうなんだろう。僕個人としては、いまとなっては嬉しい告白と言えなくもない……かもしれないけど、世話係としては失格だろう。

「ああ、多少意地の悪いことをしたのも謝ります。追い詰めるようなことも言いましたし、充留さんのことをちらつかせて、あなたの不安を煽《あお》ったりもしましたね」

「なんでそんなこと……」

「可愛いからですよ。わたしの言葉一つで動揺したり半泣きになったりする悠さまが、たまらなく可愛らしかったからです」

にっこり笑うところなんだろうか、ここは。泣き顔が好きだとか、なんかいろいろ言ってたけど、これもその延長なのかな。やっぱりあんまり趣味はよくないみたいだ。

思っていたことが顔に出ていたらしくて、夏木さんは少しだけ苦い笑みを浮かべた。

「これでもね、いつ戻ってしまうかと……あなたがわたしの手からすり抜けていってしまうかと、冷や冷やしていたんですよ」

「戻りはしません」

「どうしてそう言い切れるんですか？」

もっともな疑問だけど、そう言われると困る。なんとか言葉にしようとして、普段よりずっとゆっくりしゃべることになった。

「上手く説明できないんですけど、僕たちはお互いにそれがわかってるんです。僕はもう、山崎充留に戻ることはないし、充留も篠塚悠に戻ることはないです。僕たちは本来の身体に入り直しただけなんです」

こんな説明でわかるかどうか不安だけど、ほかにうまい言い方が見つからない。ようするにパズルのピースみたいなものなんだ。すごくよく似た形のピースは無理矢理押し込んでしまえば入らないこともないけど、やはりどこか不自然だ。でも正しく入れ替えれば自然に、そしてきれいに嵌《は》まりこむ。僕たちはピースがかちりと嵌まった瞬間を、同時に感じ取ったんだ。

しどろもどろに追加の説明をすると、夏木さんはようやく納得してくれた。

「本当に、中身が入れ替わってたんですね」

「あの、夏木さんはいつからわかってたんですか？」

「違和感というなら、最初に会ったときですね。そのあと部屋で話していて、人格が違うことに気付きました。話せば話すほど、別人だと思っていきましたよ。もちろん馬鹿げた考えだと笑う自分もいました。だから本当に確信したのは、今日ということになりますね。充留さんと話して、間違いないと思いました。電話の向こうにいた彼は、以前の悠さまそのものでしたから」

夏木さんの目が優しいのは、僕を見ているから……でいいんだろうか。それとも充留の話をしているから？　遠まわしに告白っぽいことをしてくれたけど、まだはっきり好きだと言ってもらえたわけじゃないし、すごく気になった。

「どうしても気になることがあるんですけど。夏木さんって、充留が好きだったわけじゃないんですか？」

なるべく感情を出さないように言ってみたけど、夏木さんには意味がないことかもしれない。ドキドキしながら答えを持つのは心臓に悪かった。

なのに当の夏木さんは、まるで呆《あき》れたように溜め息をついた。

「違いますよ」

「でも彼と寝ていたって……」

「ええ、確かにそういった事実がありましたね。ですが、恋愛関係ではありませんでした。セフレとも少し違いましたね」

「……前にも言ってたけど、充留からって……」

「そうです。最低なことを言いますと、見た目はとても好みでしたから、抱きました。でもそれだけです。惹かれることはありませんでした。今日話してはっきりしたんですが、あなたと違って、わたしの気持ちが彼に対して動くことはありません」

なんだかいろいろと複雑な気分だった。見た目だけとか言い切られても微妙だし、僕と違ってという部分はちょっと嬉しいけど、どうかなって思うし。なによりも、どうして……って疑問はぬぐえない。

「充留は普通に好かれるタイプだよね。僕なんかより、ずっと……」

「明るいし、人当たりもいいですし、まぁそうでしょうね。ただ好みというものが、人それぞれあるんですよ。相性といってもいいかな」

「相性……」

「充留さんの場合は、ご自分の立場に遠慮しすぎたところがありましたからね。薫さまにしても奥さまにしても、充留さん次第では良好な関係を結べていたと思います。あなたは迷いなく突っ込んでいきましたからね」

「いや、あれは……家族ができたから嬉しくて……」

寂しかった反動じゃないかと思う。それまで天涯孤独だったから、血の繋がった弟とは絶対仲よくなりたかったし、優しそうなお母さんとも家族になりたかった。父親は……その気と機会があったら、死ぬまでに和解しようと思う。

「そういった感情的な部分もあわせて、相性なんでしょう。わたしは、もともとあなたのようなタイプがとても好きなんですよ。手のかかる、おとなしいタイプですね。そういう子を依存させて自分に縛り付けるのが、たまらないんです」

「………」

なんだか怖い。好みはともかくとして、夏木さんの目指す関係ってちょっと問題があるんじゃないだろうか。

「引きました?」

「ちょ……ちょっと」

「でも逃がしませんよ。覚悟してください。こんなに誰かを愛《いと》しいと思ったことは、初めてなんですから」

甘い言葉が僕のなかに染みこんでくる。優しさよりも激しい執着のようなものが強いけど、怖さよりも喜びを強く感じた。

たぶん僕も、そうやって搦《から》めとられるのが好きなんじゃないかな。逃げられないけど苦しくはない拘束が心地いいんだ。

「愛していますよ、悠さま」

顎を取られてキスをされると、じわんとした気持ちよさが全身を包んでいく。

呼び捨てにして欲しいな、と思ったけど、それはいまじゃなくてもいい。時間をかけて、そうなればいいと思った。

深いキスが、僕の官能に火をつけるのはあっという間だった。

高い天井に響く僕の声に、耳を塞いでしまいたい。

押し倒されたソファで、いつもよりずっと執拗な愛撫に身悶《みもだ》えて、身体を繋ぐまでに信じられないほど時間をかけられた。

お互いの気持ちを確かめあった直後だから、夏木さんも盛り上がって余裕ないかと思ってたのに、全然そんなことはなかった。むしろ嬉々として、自分の趣味——ようするに僕を泣かせたり追い詰めたりする方向に走ってた。

服が中途半端に残ってるのも、趣味なのかな。大きなシャツだけ残されてて、肩や腕に引っかかっているだけの状態だ。

身体を繋いでからも、それは続いてる。延々と喘《あえ》がされて、何度もいかされて、繋がったところからぐずぐずに溶けてる。

「ぁあっ、ん……や、っ……あん……っ」

身体ごと揺すり上げられるような突き上げに、喘いでるのか泣いてるのか自分でもよくわからない。

夏木さんの首にしがみついて、たくさんのクッションのなかに埋もれるようにしてのけぞって、ちょっと触られただけでもビクビクッて震えてしまう。腿だってさっきから痙攣《けいれん》するみたいになっていた。

「やっ、も……ぉ……いく、っ……いっちゃ……」

「もう少し待ちましょうか」

「ひ……ぁう……っ」

指で強制的にいくのを止められて、じわっと涙が出る。夏木さんがどんな顔で僕を見てるかは、ぼやけて見えなかった。

けど、楽しそうな気配はわかる。

「可愛いですねぇ……本当に」

そんな、うっとりするような声で言わないで欲しい。しかも声はそんななのに、実際にしていることはひどいんだから。いかせないようにしておいて、容赦なく突き上げてくるなんて本当にひどい。

全身がガクガク震えて、自分でもびっくりするほど情けない声が出る。

ふいに絶頂感が頭のてっぺんまで駆け抜けていって、僕は絶叫に近い悲鳴を上げた。一瞬意識が飛んだ。

男の身体としてはいってないのに、感覚はかつてないほど激しかった。気持ちいいって生やさしい言い方では全然たりない、凄《すさ》まじい快感だった。

その余韻がまだ僕を捉えて放さないから、全身の神経が剝き出しになってしまったように過敏になっている。夏木さんが軽く撫でただけで、怖いほど感じた。

「いい身体になりましたね」

「やっ、ぁ……触らな……でっ……」

「そういうわけにも、ね。まだわたしはいっていませんし」

止まっていた動きを再開されて、収まりきっていなかった波がまた押し寄せてきた。途切れることのない快感におかしくなりそうだった。

上だけ裸になっている夏木さんの背中に爪を立てたのは無意識だ。だからってやめてくれるわけじゃなくて、僕のなかを抉《えぐ》る動きはますます激しくなっていく。

「っ……」

息を詰める感じが、なんだか色っぽかった。

夏木さんが弾けて、二度目の精が注がれる。たぶん、これは嫌いじゃない。どうしてなのかは自分でもわからなかったけど。

「ん、ぁ……っ……」

夏木さんのものが引き抜かれていく感触にさえ感じてしまう。でももう指先一つ動かせなかった。

ぐったりとした僕を抱き上げて、夏木さんは歩き出した。バスルームかなと思ってたら、ベッドだった。

寝室は二つあって、それぞれセミダブルのベッドが二つ置いてある。そのうちの一つに、僕は横たえられて、シャツを脱がされた。これでいよいよ全裸だ。いまさらだから、あまり関係ないけど。

と思ったら、夏木さんが全部脱いでベッドに上がった。

「……まだ、寝ないの……？」

「せっかくのシチュエーションですから。誰の訪問も時間も意識しないでいい状況なんて、なかなか味わえない」

「で、でも」

しゃべってるあいだにも、夏木さんは僕にのしかかってきて、顔とか首とかにキスをした。

耳を噛まれたり舐められたりすると、ざわりとした快感が肌を撫でていく。

「家ではやはり、思う存分できませんから」

思わず目を瞠ってしまった。いままでのって、思う存分じゃなかったの？　だったら夏木さんの言う思う存分って、どれだけ……？

「む……無理……やっ、あん」

指をなかに入れられて、甘い声が出た。ぐちゅっと音がしたのが、なんだがひどく恥ずかしかった。

後ろをいじられて身悶える僕を見て、夏木さんは楽しんでるんだろう。

寝室には明かりが灯ってないけど、ドアを開けっ放しだからリビングの光が差し込んできてる。逆光で夏木さんの顔は見えなかった。

ずっと尖《とが》ったままの胸の先も口に含まれて、舌先で転がされる。さんざん舐めたり噛まれたりしていたから、ちょっと触られるだけでも痛いくらいなのに、刺激されるとやっぱり感じてしまう。

たぶん僕の身体中で、夏木さんに舐められてないところはないんじゃないかな。少なくとも舌先が届くところは。

「あぅっ……」

いまちょっと乳首をきつく噛まれた。痛いはずなのに感じるなんて、変になってしまったみたいだ。

満足そうに笑った夏木さんは、あっさり胸から口を離し、僕の身体を俯《うつぶ》せにした。

そうしてまた、身体を繋いできた。じりじり入ってくるものは、含みきれないんじゃないかと思うくらいの大きさなのに、実際はちゃんと僕のなかに入る。入って、僕をメチャクチャにする。

すぐに夏木さんは突き上げてきて、僕はまたアンアン喘ぐことになる。比喩じゃなくて、本当にそう言ってるから恥ずかしい。

気持ちがよくて、よくて、どうにかなってしまいそうで。

でもこの胸にあるのは、潰れちゃいそうなくらいの幸福と充足感だった。

過ごしやすい気候は、やっぱり気分を穏やかにしてくれる。エアコンの風も涼しいけど、違うんだよね。

だるくて仕方ない身体に、高原の風は優しかった。

まさかあの時間から、延々と夜中まで泣かされるはめになるとは思わなかったよ。結局昨夜はご飯食べ損ねたし。あと三泊あるけど、まさかあんなの昨夜だけだよね？　昨夜だけって信じたい。

気持ちいいし、恋人に求められるのって嬉しいけど、やっぱり限度はあると思うんだ。ほどほどが一番いい。

おかげで昼過ぎに起きてから、僕はほとんどベッドを出ないでごろごろしてる。少し開けた窓から入ってくる風がすごく気持ちいい。留守番中は窓も開けちゃだめって言われたけど、言いつけは破った。

夏木さんはいま買いものに行ってるところだ。食料品は足りてるけど服がないから、夏木さんの数日分と、僕の帰りの分を買うって言ってた。なんで僕の服が帰りの分だけなのかは怖くて聞けなかった。いまも夏木さんのシャツだけなんだけど、もしかしてここにいるあいだはこれってこと？

静寂を破ってスマフォが鳴った。また薫くんだ。せっかく大学の友達から来なくなったのに、今度は弟がうるさいです。内容はだいたい決まってるんだ。「どこにいるんだ」「夏木はだめだ」「変なことされてないか」……だいたいこの三つ。僕は夏木さんが好きだし、恋人同士だよって説明したのに、ちっとも納得してくれない。でも僕の頼みはちゃんと聞いてくれて、電話じゃなくてメールだけにしてくれてる。

でも今度のメールは少し違ってた。薫くん、お母さんと一緒に、父親と話しあってくれたらしい。僕は勘当されずにすみそうだった。お母さんが伝家の宝刀を抜いたんだって。薫くんは「必殺、三行半《みくだりはん》」って書いてきた。

僕らの父親という人は、自分が愛人囲ったり外で子供作るのはありで、妻はそれを黙って受け入れるものと考えてるらしい。でも妻のほうが浮気したり愛想を尽かしたりするのは、プライドが許さないみたいだ。特に外からどう思われるのかが重要で、自分が「妻に逃げられた男」になるのは我慢ならないんだって。

うん、面倒くさい人だ。

「お母さん、格好いい……」

お礼は直接ちゃんと言いたいから、いまはメールで薫くんにだけお礼を言った。もちろん帰ったら、薫くんにも面と向かってちゃんと言うけど。

送信し終わって一息ついたら、自然と笑みがこぼれてきた。

またあの家に帰れるんだ。薫くんともまた一緒に勉強できるし、お母さんとガーデニングもできる。今度はみんなで一緒にご飯が食べたい。帰ったら言ってみよう。

ふと気がついたら、外からヒグラシの声が聞こえていた。もう夕方だった。もう少したったら、今度は秋の虫が鳴き始めるかな。

カナカナ……っていう声を聞いていると、車の音が聞こえてきた。舗装されてない道を、ゆっくりと走ってくる。この辺は滅多に車が通らないんだよね。別荘地の、かなり奥まったところにあるし、まわりの別荘にはいま人がいないみたいだから。

庭先で車が止まって、すぐ玄関のドアが開いた。

あれ……？　なんか話し声？

まさか、と思ってたら、寝室に夏木さんと……かつての僕が入ってきた。

「充留……」

「久しぶり。なんか、仕事帰りに拉致《らち》られちゃった」

そうか、遅かったのは充留の仕事が終わるのを待ってたからか。時間的にまっすぐここに来たみたいだけど、二十分近くは車のなかで二人っきりだったんだよね。

そう思ったら、ちょっとムカムカした。別に怒ってるわけじゃないけど……モヤモヤに近いのかも。なにもないっていうのはわかってるし、充留の気持ちを考えたら、こんなこと思うのも間違ってるのかもしれない。でも後悔はしてないよ。だって僕は夏木さんのことが好きで、誰にも渡したくないって思ってるから。たとえ充留にも。

「まさか今日会えるとは思わなかった……」

「俺も」

充留は少し困ったような、でも嬉しそうな顔をして僕を見ていた。夏木さんに会うのはいろいろ複雑だろうけど、こっちに来てずいぶん寂しがってたから、僕を含めて会えるのは嬉しいのかな。

でもなんか、最後に会ったときと印象が違う。髪型もいじっておしゃれになってるけど、セットでそう見せてるらしい。

「……充留、気のせいか体型変わってない？」

「走ってるからじゃん？　体重増えたよ。サイズは変わってないけどさ。最初は全然だめだったけど、少しずつ距離伸ばして頑張った」

「ああ……そうか、筋肉ついたんだ」

「そーそー。つーかさ、悠こそどうした。なんか、すっげー色気出しまくってんだけど。夏木のせいか？　自分と同じ顔でそれって、いたたまれないな……」

そんなこと言われても、自分じゃ色気なんて意識してないからよくわからなかった。でもいまの言い方からして、わかってるんだろうな。

「こうして見ると、間違えようもないですね。そっくりなのに、まるで違う」

夏木さんが僕と充留を見比べて、一人納得した様子でベッドに座った。当たり前のように僕の髪を撫でる様子に、充留は目を丸くした。

「えー、それ日常？　それとも見せつけてんの？」

「いつものことですね」

「マジか」

そう言ってから充留は苦笑した。僕も夏木さんもその意味には触れなかったし、本人も触れて欲しくなさそうにしていた。

充留はそれからすぐに肩の力を抜いたような、気の抜けた笑みをこぼして、空いているベッドに座った。

「あんたら、なんかすっげーお似合い」

「ありがとうございます、充留さん」

わざわざ名前を呼ぶのは、夏木さんなりの線引きなんだろうか。呼ばれた充留も、どこか吹っ切れたような顔をしてみせた。

「悠、よかったじゃん。いろいろとスペックは高いし、大事にしてくれそうだし、優良物件だと思うよ。俺だったらゴメンだけど」

「充留……」

「大切な兄弟には、幸せになって欲しいもん。そういえば、どっちが兄なんだろうな」

いまとなっては確認のしようがない。でも自分たちには大した意味もないことだ。

「コーヒーでも入れましょうか。それともお茶がいいかな」

「あ、紅茶あるならそっちがいい。ストレート、濃いめで。やーもうさ、最近まったく飲む機会なくて」

自然に命じるあたりがさすがだと思う。身に染みついてるんだろうな。夏木さんが出て行くと、思わず聞いてしまった。

「充留、アパート暮らしとか本当に大丈夫？」

「なんで？　問題ないよ、全然。寂しい以外は、超快適。家事スキルもメキメキ上がってるし。俺さ、器用だから大抵のことできちゃうんだよね。器用貧乏とも言うけど」

「みたいだね」

薫くんもそんなようなことを言ってたっけ。ああ、違う。薫くんは「天才」って言ってたんだ。けど、僕に変わってから、「努力型の秀才」だったと思い直したみたいだ。誤解なんだけどね。

「そっち行ってもいい？」

「うん」

充留はベッドサイドに膝を突いて、僕の顔を覗《のぞ》き込んできた。僕が自然に手を出したのは、なんとなく意図を察したからだ。このへんはさすが双子ってことなのかも。

あのときみたいに、手のひらをあわせる。ためらいもなかったし、ドキドキもしなかった。

お互いに、もう入れ替わったりしないと確信してるからだ。じゃあなんでこんなことをしたかと言えば、なんとなくとしか言いようがなかった。

しいて言うなら、区切りみたいなものだろう。

「絵の道に、進むんだって？」

「そうできれば、って思ってる。あ、でも勘当はまぬがれたみたいだよ」

「よかったじゃん。信じられないけど、薫と仲いいんだって？」

「うん」

「やっぱ相性ってやつなのかな。それとも、間違った場所にいたから、自然と弾かれてたのかな。ま、俺に問題あったのも確かだけどさ」

そう言ってまた充留は苦笑いした。

夏木さんのことをどう思っていたのか。どうして彼と寝ようと思ったのか。聞きたかったけど、聞けなかった。というよりも、もう触れちゃいけないような気がした。

「俺は俺で、こっちでなんとかやってくよ」

「……うん、僕も頑張る。あ、それで預金なんだけど」

「あー、いらないからあれ。もう悠の人生なんだし、通帳だってなんだって、もう悠のもんだろ。もしなにか送りたいってならさ、着ない服とか送って。悠の趣味じゃないやつ」

「うん」

って言ってみたものの、いつの間にかクローゼットから消えた何着もの服は、どこへ行ったんだろう。まさか捨ててないよね。あとで夏木さんに聞かなきゃ。

「あ、パジャマはいいや。変な柄のやつとかは、捨てて」

「パジャマって、あのワンピースみたいなの？　長いシャツみたいな」

何枚かあるけど、無地とか薄いストライプしかなかったはず。変な柄なんてあったっけ。そもそもプリント自体を見かけないんだよ。ストライプだって地模様だし。

「は？　ワンピース……？」

「違うの？　ほら、膝丈くらいのシャツで、ズボンがないやつ。夏木さん、それしか出してくれないよ？　充留がそういうのを好きだったって言ってたけど」

言うと充留は絶句して、それから脱力したようにベッドに顔を伏せた。

「ないわー……」

「なにが？」

「夏木の野郎、ありえねー。俺にそんな趣味はないっての！　あいつ、自分の趣味押しつけるために、適当なこと言いやがったな」

がばっと顔を上げて充留は叫んだ。

え、なにそれ。夏木さんは僕をどうしたいんだろう。あれ、もしかして……いやいや、違うよね。まさか、えっちしやすいようにとか、そんなことじゃないよね。だってズボンくらい、大した手間じゃないはずだし。

自然と赤くなっていたのか、充留が微笑ましそうな顔で笑っていた。

「溺愛っつーか、メロメロだな。自分のシャツ着せてんのも、たぶんあいつの趣味だろ。変な格好させられないように気をつけろよ」

「う……うん」

頷いてはみたものの、たぶん気をつけようがない。だって夏木さんが本気出したら、抵抗なんてできないだろうし。

「あ、それでさ、もう一つ欲しいもんあった。絵が欲しい。悠が描いた絵。水里の景色がいいな」

「う……うん、わかった」

約束をしたところで夏木さんが呼びにきた。ダイニングルームへ向かう充留は、興味深そうに別荘のなかを見ていて、飾り棚がどうの家具がどうのと呟《つぶや》いている。やっぱり目が肥えてるんだな、と納得した。

「歩けますか?」

「大丈夫です」

ちょっとふらつくけど、起きた直後よりはマシだ。夏木さんに腰を抱かれたような状態で、僕はダイニングへ向かった。

充留は僕たちを見て、ちょっと呆れたような顔をしてた。

でもお茶には満足したらしくて、お礼だと言いながら、昨日買ってきた食材で三人分の夕食を作って、ちゃっかり自分も食べてから帰って行った。一食浮いたと喜んで、帰る前に別荘の隅々まで見てたのが印象的だった。

夏木さんはもちろん送って行ったよ。今度はあんまりモヤモヤしなかったから、僕もいろいろ納得したってことかな。

それにしても充留のご飯は美味しかった。料理の腕を上げたと自慢するだけのことはあった。何年も自炊してた僕より手際もよかったし。

ぼんやりとソファに身を沈めていると、車の音が近づいてきた。

夏木さんは今度は一人で戻ってきた。

「いろいろと、安心しましたよ」

「それは僕のセリフです。あ、そうだ。さっき薫くんからメールが来たんですよ。勘当されずにすむみたいです」

いい報告だからと思って伝えたんだけど、夏木さんの反応は思っていたのと違った。どこか不本意そうだった。

「よかった……とは思いますが、少し複雑ですね。堂々と、あなたを自分だけのものにできると思ったのに」

「え？」

「まぁ、しばらくは我慢しますよ。でもいずれはわたしと一緒に来ていただきます。どこかにマンションを買いましょうか」

思ってもみなかったことを言われて、まじまじと夏木さんを見つめてしまった。そんな計画を立ててたのか。

「それって二人で暮らすってことですよね？」

「ええ。わたしは篠塚家へ通うことになりますね。大学はこのまま続けても、やめてもいいですよ。美大に入り直すのもありです」

なんて魅力的な提案だろう。でもとりあえず一番最初の選択肢は、ないかなぁ。薫くんと一緒に通ったり勉強したり、学食でランチしたりするのは楽しそうだけど、惰性で続けるのもどうかな、って思うし。

なにより僕はやりたいことが決まってるからね。

「できれば僕は仕事をしたいです。美術関係の……なにか」

「ああ、それも話さないといけなかったんですよ。先日お預かりした絵なんですが、二点とも知り合いのギャラリーに持って行きまして、見てもらったんです」

「はい？」

「オーナーの好みだろうと思って持ち込んでみたら、案の定でしたよ。買い手がつくだろうから置きたいと言ってくれまして、いま銀座にあるギャラリーにあります」

理解が追いつかなかった。なんで習作が、ギャラリーに？　銀座ってどういうこと？　や、銀座に数え切れないほどギャラリーがあるのは知ってるけど、いきなりそういうのってありなの？

「油彩なのに透明感があって、柔らかいところがいい……そうです。水彩画が好きな人にも受けるだろうと言っていましたよ」

「う……あ……」

言葉が出てこなかった。頭のなかはとっくに飽和状態だった。

「ぜひ有名になって、旦那さまを見返して欲しいですね。それと、私のための絵も忘れないでください。急ぎませんから」

前半はちょっと無茶なことを言われた。けど、本当に見返すほど僕の絵が認められたら、そんな嬉しいことはない。

夏木さんが言うには、画家として独り立ちできるようになれば、父親の虚栄心みたいなものは満たされるはずだという。旧家の者として芸術方面で立つのはよしと考えるからだ。それはそれで面倒くさそうだけど。

ようやく落ち着いてきて僕は、大きく息を吐き出した。うん、なんとかしゃべれそう。

「できるなら、そうなりたいです」

「期待しています。あ、マンションの話も考えておいてくださいね」

「う……はい。あの、それで……前から少し疑問だったんですけど、夏木さんって僕と薫くん、二人の世話係なんですよね？」

「一応そうなってますね」

この時点でもう突っ込みどころがあるんだけど。一応って……。

「でも、あんまり薫くんの世話をしてるように見えないんですけど」

「必要を感じないのでね。向こうも煙たがっていますし」

「そ……そうなんだ。じゃあ、僕のところにいないときって、会社の仕事をしてたんですね」

「ええ、これでも系列の子会社を任されているもので」

「……はい？」

またなんか新事実を明かされてしまった。それもさらっと。ちょっとどういうことか、意味がわからない。いや、意味はわかるけど、にわかには信じがたい。

任されてるって、経営してるとかトップに立ってるとか、そういう意味だとしか思えないんだけど。

「しゃ……社長さん？」

「篠塚の子会社ですよ。ほとんど出勤はしてませんしね。報告を受けて指示を出して、決済を求められたらする……という感じです。業務内容的にわたしが出なくてもこと足りるので」

「……そうですか……」

「こういう言い方はなんですが、わたしは保険なんですよ。息子たち二人が使えないと判断された場合、わたしにお鉢がまわってくることになっていました。旦那さま……社長は、実はそれほど世襲にこだわっていないんですよ。篠崎の家と会社が無事なことが重要なんです。息子ならば、なおよし……という感じでしょうかね」

驚いたけど、いろいろ納得だった。夏木さんほどの人が、どうして運転手やら世話係に甘んじてるんだろうと思ってたから。金銭的にずいぶん余裕があるのも、二足のわらじを履いてたからなんだ。

溜め息なんだか声なんだかよくわからないものを吐き出していたら、夏木さんは僕をしっかりと抱きしめて言った。

「ですから、それなりの経済力はあります。安心して嫁に来てください」

これって冗談なのかな、それとも本気でプロポーズしてるのかな。わからないけど、どっちにしても答えは決まってるから、僕は「はい」って答えた。

ちゃんと働くけどね！


水里にいるあいだ、僕たちはほとんどくっついて過ごした。

食料はたくさんあったし、行きたいところもなかったから、別荘から出ないまま水里の涼しい夏を満喫した。

充留とはあれから一度も会っていなかった。メールはしてるけど。

あの日、充留を迎えに行く前に、夏木さんはどこかでスケッチブックと鉛筆を調達してきてくれた。いつも使ってるのをチェックしてくれてたみたいで、そういうところが本当に侮れないと思う。

「提案なんですが」

「はい」

十一時のチェックアウトを控えた朝八時。夏木さんはサンルームでの朝食を終えるとすぐに切り出した。

「今回の水里旅行の名目なんですが、前回の延泊について調べる……ということでどうでしょうか」

「でもそれって、疑ってたの夏木さんだけです」

ほかの人たちとは距離がありすぎたから、誰も気にしていないはずだ。お母さんに至っては、合宿のことすら知らないだろう。

「ですが、今後のためには必要だと思いますよ。どうしたって齟齬《そご》が出てくる。性格や言動だけでなく、記憶という点で致命的です」

「それは……」

「だったら、いっそ本当に記憶が一部抜けている……ということにしてしまえばいいと思うんですよ」

「記憶喪失ってことですか？」

「ある程度のことは知識として覚えていただきますが、カバーできない部分は、記憶が欠けたということにしてしまえば、ごまかせます」

水里合宿のあとで性格が変わったのは、みんな気付いてるはずなので一番自然……っていうことらしいけど、それでもかなり不自然じゃないだろうか。お手伝いさんたちは、気付いてるけど空気読んで黙ってたみたい。まぁ、そうだよね。

強引だけど、入れ替わったっていう非現実的な事象よりは、まだ記憶喪失のほうがありえるとは思う。確かにそうなんだけど、別の問題が起きない？　なんで記憶がなくなったのか、っていう話になるよね。現に夏木さんがそうだった。前ならともかく、いまだったら薫くんが大騒ぎしそう。

薫くんって、僕が言うのもなんだけど、すごいブラコンだよね。可愛いし、嬉しいからいいけど。

「だから今回来たんですよ。わたしは以前から悠さまに相談されていたので知っていた……ということで」

「うーん……一応説明はつく……のかな？」

「納得させますのでご心配なく。少なくとも、わたしがあなたをさらって貸別荘でずっとセックスをしていた、というよりは穏便にすませられると思います」

「あ、はい。お願いします」

思わず即答しちゃった。うんもうしょうがない、それでいいや。だって薫くん、すごいことになってるんだもん。スマフォの電源入れたらびっくりするくらいメールが入ってた。どれも僕を心配する内容だったから、きゅんとした。お土産いっぱい買って帰ろう。

ちなみに夏木さんのところには罵詈雑言《ばりぞうごん》と呪いの言葉が入っていたらしい。怖い。

「僕が記憶なくした原因って、どういうことにするんですか？」

「どうしましょうかね……」

「あと、あの人は大丈夫かな。えーと……お父、さん？」

なんだかちょっと抵抗があって、微妙な言い方になってしまった。父親に対しては、あんまり自分の親っていう実感がないんだ。会えて嬉しいとも思わなかった。不要品を見るような目をされたら仕方ないよね。もともと印象悪かったんだし。

「旦那さまが不審に思われるか、ということですか？」

「うん」

「思われたとしても、動きはしませんよ。無駄なことがお嫌いなので、後継者から外れたあなたの性格が激変しようが、興味はないでしょう。それに、あの人は水里にあなたとお母さまがいたことを知っているはずです」

「え……」

思わず固まってしまったのも無理はないと思う。知ってて放置だったのか、とか、母さんが死んだことも知っててなにもしなかったのか、とか、僕と充留が接触した可能性も考えたんじゃないか、とか。いろいろな思いが渦巻いた。

そんな僕の考えは夏木さんにもわかったらしくて、くすりと笑った。

「少なくとも、あなたは心配しなくていいですよ」

「ど、どういう意味ですか?」

「旦那さまは、充留さんの居場所をご存じですが、いままでは興味がないので放置でした。が、あなたが後継者から外れたことで、もう一人の存在を思い出す可能性がある、ということです」

「あー……でも充留もその気は全然ないよ?」

「ええ。ですから、充留さんの周辺が多少うるさくなることはあるかもしれませんが、問題はないということです。ましてや入れ替わったなど、考えつくはずがない。あの人の頭はガチガチですからね」

なるほど、確かにかなり頭が固そうだ。ついでに前時代的というか封建的というか、とにかく面倒くさい人だよね。

それにしても……そうか、知ってたんだ。ますます嫌いになりそう。別に金銭的援助とか、そういうのはどうでもいいし、認知もして欲しいなんて思ってなかったけど、せめて母さんが死んだときくらいはなにか言ってきて欲しかった。匿名でもいいから、花の一つでもくれればまだ印象が違ったのにな。

ちなみに葬儀のときに謎の人物がなにかしてくれたり、そのあとお墓に知らない人が線香とか花とかを手向《たむ》けてくれたっていう事実はない。

あ、なんだかムカムカしてきた。

「話を戻しましょうか。記憶が欠けた原因ですが、観光客の自転車と接触して転んだ際に、頭を打った……ということにするのはどうでしょうか。車ですと、少し面倒なことになりますから」

自転車かぁ……それはあちこちで問題になってるから、妥当かもしれない。足滑らせてどこかから落ちたってよりは間抜けじゃないし。

「じゃあ、念のために病院にも行ったけど、記憶が一部飛んだ以外の問題はない、って言われたことにする？」

「病院に関しては、戻ってきてからわたしと行ったことにしましょう。知り合いの医者に話は通しておきます」

いろいろといいんだろうかと思ったが、突っ込みどころが多すぎる僕の変貌をごまかすには、これくらいの力業じゃなきゃだめな気がしてきた。

座っていていいっていうから、僕はサンルームでぼんやりと外を眺めた。夏木さんは食器を洗ったりゴミを片付けたりしている。

四泊なんてあっという間だった。ほとんどベッドで過ごしてたような気がするのは、嘘だと思いたいけど。別にずっとセックスしてたわけじゃないよ。だるくて、起き上がるのがいやで、結果的にベッドにいたって意味もあるんだから。だいたいこの別荘に入ってからまだ一度も外へ出てないっていうのがおかしいよね。

本当に、人に言えないようなことをいろいろした。というか、された。

合間にスケッチをして、夢中になりすぎると取り上げられて押し倒される……って流れが何度かあったし。

そのせいかどうか知らないけど、夏木さんはすっかり別荘暮らしが気に入ってしまって、水里に別荘を建てるなんて言い出してる。すでにあるものを買うんじゃなくて、建てる気満々。立地にもこだわって、思い通りの家にしたいんだそうだ。

「悠さまは、どこかお気に入りの場所はないんですか？」

戻ってきた夏木さんは、当たり前のように僕を抱き上げて、代わりに椅子に座った。ようするにいま抱っこされてる。

「んー……川が近いと、いいかも」

「川ですか。小川ですよね？　では小川と森を立地条件に入れましょう。暖炉か薪《まき》ストーブも必要ですね。冬は厳しいようですし」

「うん」

「ああ、もちろん悠さまのアトリエも作りますから」

「あ……ありがとう」

水里の別荘にアトリエなんて夢みたいな話だ。駆け出しの、画家とも言えないような僕にはもったいない話だった。

って感動してたら、服のなかに手が入ってた。

「こういうサンルームもいいですよね」

言いながらなんでまた変なことしてるの。今日、あと三時間で、ここ出なきゃいけないんだよ。十一時までに、っていう決まりだよね？

そもそもここ、外みたいなものだし！　室内だけど、壁も天井もガラス張りだし！

「ああ、いいですね。羞恥心に歪《ゆが》む顔も」

「ま、待って……」

「時間なら心配はいりませんよ。それとも場所がいやですか？」

わかっていてあえて聞く夏木さんは、本当に意地悪だと思う。僕が半泣きになったりするのが本当に好きらしい。

でもそんな人が好きでたまらないんだから、僕もどうしようもない。

サンルームに響く自分の声を聞きながら、目を閉じる。結局いつものように、僕は夏木さん以外を感じなくなっていった。

弟としては

兄貴は可愛《かわい》い。っていうか、可愛くなった。

昔から顔は可愛いというかきれいだと思ってたけど、中身はむしろ逆だと思ってきたんだよな。

なんでもちょっとやれば人並み以上にできたし、なにに対しても本気になるってことがなかったし、きっと俺のことも馬鹿にしてんだろって。まぁ勝手な思い込みだ。たぶん、向こうはそんな気なかったんだろうなって、いまなら思える。

確認しようにも、もう無理だけどな。いや、本当は無理じゃないんだろうけど、余計なことするつもりねーし。

初めて会ったとき……いや、初めてってのはマズいか。まぁ水里《みずさと》から戻ったあとの兄貴に会ったとき、あれって思った。雰囲気違うぞ、って。表情とかしゃべり方とかも違ったし。

なんかやたら可愛く見えて、ぎょっとした。

で、いきなり「薫《かおる》くん」だ。びっくりしたのなんのって。しかも一緒にレポートやろ、って言われて、俺はあっさり陥落した。それまでの俺の態度、なんだったの……って感じだ。

とにかく俺はすっかり兄貴と仲よくなったわけだ。仲よくなったから、このあいだのアレは非常に納得できなかった。

アレってのはもちろん、俺を置き去りにして夏木《なつき》が兄貴を連れて行っちまった件だ。

「記憶が一部欠落、ねぇ……」

兄貴が絵を描いてるあいだに夏木を部屋に呼び出して、いろいろ説明させた。させたんだけど、突っ込みどころが多くてもうどうしようかと。こいつ、俺が信じるなんてまったく思ってねーだろ。

「ええ。ですから多少の違和感には目をつむってさしあげてください」

「……まぁいいけど」

っていうか、そうするしかないんだろ。まわりくどいことしやがって。

記憶がどーのとかいう問題じゃねーだろ。そもそも人格が違うじゃん。別人じゃん、あれ。おまけに急に絵を描くようになったし。

いや、実際のところ急かどうかはわかんないんだよな。隠れて描いてたって可能性もゼロじゃないから。けどスケッチくらいならともかく、ちゃんとした油絵って、隠れてやれるもんでもないような気がする。家には画材とかなかったはずだし、部活が美術部だったなんて事実もない。じゃあ外に出てたとき……？　まぁ、絶対ないとは言い切れないかもな。

どうでもいいや。俺はいまの兄貴が好きだし、このままずっと元に戻らないで欲しいって思ってる。だから俺は兄貴になにも言うつもりはなかった。不自然なことには目をつむってきたし、これからもそうする。

「詮索しないんですか？」

「んー……じゃあ一つだけ。どっかにいるかもしれない、俺のもう一人の兄貴は、悠《はるか》兄貴の変化に関係してんの？」

少しは驚いて顔色でも変えるかと思ってたけど、甘かった。夏木の野郎はほんのちょっと眉《まゆ》を上げただけだった。

「奥さまから聞いていましたか」

「まーね。で？」

「むしろ、きっかけですかね」

曖昧《あいまい》な肯定だけど、とりあえず納得。たぶんあれだろ、兄貴が拉致《らち》されたときにいきなり現れた——電話だけど——充留《みつる》とかいうのがそうなんだろ。確証はないけど、俺のカンがそう言ってる。

「充留って人？」

「質問は一つじゃなかったんですか？」

「いいじゃん。おまけだよ、おまけ。だって俺の兄貴でもあるんだぜ。やっぱさ、生きてんのかどうかくらい確認してーじゃん」

「ご想像の通りですよ」

かなり不本意そうに夏木は肯定した。やっぱりな。けどまぁ、会おうとは思わない。特に理由はないけどな。たぶんそのほうが平和だろ。

「似てんの？」

「顔は似てますよ。ただ印象が違いますね。表情の作り方や、話し方のせいでしょう。目の強さも違いますし」

「へぇ」

それって兄貴の変化そのものじゃん。ってことは、充留のほうは前の兄貴……みたいってことか。そう、あくまで「みたい」にしとこう。

「悠さまを問い詰めないでくださいよ」

「するわけねーだろ。兄貴が困るってわかってて、するかよ。突発事項に弱いんだからさ、俺がなんか言ったらプチパニックだろ」

あわあわして、一人で百面相して、そのうち涙目になるのが想像できる。小動物いじめてるみたいで気が進まねーよ。

って思ったら、夏木がとんでもないこと言い出した。

「可愛いですよね、そういうときの悠さまは」

「はっ?」

「動揺して、涙目になって。もっと泣かせたくなります」

ちょっと待て！　なんでそんなに楽しそうなんだよ。なんでそんなに嬉しそうなんだよ。Sか、そうかやっぱりSなんだな。想像通りだよちくしょう。

楽しそうに兄貴のこといじってるなって思ってたんだよ。あれって「好きな子をいじめてる」っていうか「可愛いからいじめてる」ってやつだったんだな。まぁいじめるって言っても、からかうとか、苦手なもの食わせるとか、その程度だけどな。あとは俺が避けてるような話とか質問を、さらっとぶつけて反応見るとか。たぶん夏木は加減を心得てて、本気で追いつめたりはしないんだろうけど。

あれ、いつからだっけ？　前はそんなんじゃなかったよな。やっぱあれか、水里から戻ってきてからか。

「おまえって、いつから兄貴のこと好きだったわけ？」

「水里から戻ってきたあと、ですね」

「ああ、やっぱ水里後か。だよなぁ……水里前は、わりと本気で当たりがきつかったもんな」

「まぁ、そうでしたね」

理由はたぶん俺と似たようなものなんだろうな。で、態度が変わった……っていうか好きになった理由も、俺と同じ。あ、いや俺は別にそういう意味で好きになったわけじゃねーけどな。

「ふーん、あのタイプが好きだったのか」

「そうですね。手間がかかって、控えめでおとなしいほうが好きだと思いますよ。以前から、顔は好みだったんですがね。わたしは依存させたいほうです。それと縛りつけたいので、それを許容できるタイプでないと、わたしとは無理でしょうね」

「ああ……」

そりゃ水里前の兄貴じゃ無理だわ。一人でなんでもサクサクやって、他人の手なんかいらねーって態度だったし、おとなしくはなかったし、恋人に依存するタイプでもなかったような気がする。出しゃばりでもなかったけど、控えめとはほど遠い感じだったっけな。束縛を嫌うかどうかまでは、知らねーけど。

「タイプなら、男でもありだったんだな」

「ええ。知れば知るほど、理想通りでした」

「理想って？　タイプと違うのか？」

「相手から依存されたいとは言いましたが、べったりとただ寄りかかられたり、わたしだけが中心の生活や人生になられても困るんですよ。鬱陶《うっとう》しいんです。干渉されるのもいやですね」

「なんだそれ……」

自分は束縛すんのに、相手からの干渉は受けないって？　ひでぇこと言ってんぞ、この男。しかも依存しろとか言っときながら鬱陶しいとか。

兄貴って理想通りか……？　あ、そうかも。兄貴はどうしたって絵から意識を切り離さないし、画家としてやっていける可能性もあるって話だから、夏木がすべてってことにはならないよな。大学やめて働こうって気持ちでいたらしいし。

ふーん。でも夏木の溺愛っぷり見てると、理想とかは関係ない気がするよな。

そうだよ、溺愛なんだ。どう見ても夏木は兄貴をベタベタに甘やかしてるし、兄貴も夏木のこと好きでしょうがないらしい。

ちょっと前から、あやしいとは思ってたんだ。だって兄貴が夏木を見るときの目は恋してる目だったし、夏木が兄貴を見る目は優しかったし。まぁ、食う気満々の肉食獣の目のときも多かったけど。

うん、わかってる。二人は恋人同士ってやつだ。だからやっぱり、水里でのことが気になるんだよ。

「四泊五日あったらさ、当然やってるんだよな？」

聞きたくないけど、やっぱり聞いておかないとって思って言ってみた。

「ご想像の通りですよ。朝から夜中まで悠さまを堪能し尽くしました」

「ちょっ……朝から晩までとか、ふざけんな……！　人を置き去りにした結果がそれかよ。

ああ、兄貴がこんなやつの毒牙《どくが》にっ」

「毒牙……まぁ、概ね正しいですね。ですが大切にしますのでご心配なく」

「いや、かなり心配なんだけど。主にエロ方面で。なんとなくだけど……おまえのセックスって、ねちっこそうじゃん。言葉責めとか、しそうじゃん！」

いや絶対そうだ、そうに決まってる。こいつがあっさりしたセックスするやつだったら、むしろ笑える。

「言葉責めはしませんよ。悠さまは、そういうので喜ぶタイプではないので。むしろ傷つくタイプですよ」

「お……おう、そうか……なるほど。ちゃんと考えてんだな」

確かにそうかも。淫乱とか言ったら、マジで気にして果てしなく落ち込んで自分を責めそうだもんな。

思ったより、夏木は兄貴のこと理解してるし、考えてるらしい。

「でもねちっこいのは否定しねーのな」

「しませんよ。誰にでも、というわけではありませんけどね。悠さまは感じているときの反応が大変可愛らしいもので、ついいじめてしまうんですよ」

そうか、反応まで可愛いのか。ってあれだろ。夏木が言う「可愛い」は、たぶん泣くまでいじめたときの反応なんだろ。

「んで、泣かせて喜んでるわけか」

「ええ。追いつめると泣くのがまた可愛らしいんですよ。しゃくり上げながら、わたしにしがみついてくるのが、たまらなくそそります」

「……そっか、兄貴はセックスんとき泣くのか」

ヤベェ超可愛い。っていうか、夏木の趣味を理解した俺がヤベェ！　だめじゃん、夏木なんかと共感したらさ。

「喘《あえ》ぎ声も細くて、普段より高めになって、いいんですよ」

「待て、それ以上言うな」

いやマジで聞いちゃだめだって。気分的につーか、今後のために。だってあんまり具体的なこと言われたら想像しちゃうじゃんか。兄貴の顔、まともに見られなくなる。ハグしたりするときに思い出したらヤバいし。

当然ハグはやめねーからな、クソ夏木。恋人できようがなんだろうが、俺は弟だからさ。兄貴とのスキンシップは当たり前。

「ああ、そうだ。悠さまは体力があまりないので、翌日に響くこともあるかと思いますが、いちいち騒がないようにしてくださいよ」

「はっ？」

「普通に二回くらいなら、大丈夫なんですがね」

「おい……待て。普通じゃないこともあるってことかよ」

「一回というのは、わたしの側でのカウントですのでね。わたしが一回いくあいだに、悠さまが何度もいくことがありますから。そうなると失神することも……」

「無茶なことすんな！」

「ですから、体力がないんですよ。柔軟とストレッチはしていたらしいですが、一時間と歩いていられない人ですし」

そうだった。兄貴は走れないし、長時間歩くこともできない。できないこともないらしいけど痛くなるんだって言ってた。きれいな脚には、痕《あと》も残ってる。近くで見ないとわかんない程度だけど、やっぱ痛々しいよな。事故以来、体育の時間も内容によっては見学だったし、乗りものを使うことが多くなったから、体力がないってのも納得だ。

「体力ないのわかってんなら加減しろよ」

「できたらしていますよ」

「いい年してやりたい盛りかよ」

「悠さま限定で、そうですね」

にっこり笑う顔は、相変わらず腹が立つほど整ってる。けど、性格の問題点がときどき滲《にじ》み出るんだよな。

思わず舌打ちしてしまった。

「せめて変なことすんなよな」

「変なこと、とは？」

「セックスドラッグみたいのを使ったり、バイブとか変なグッズ使ったり、ＳＭプレイみたいなのとか」

乱交みたいなことはしないだろうから、わざわざ言わないでおく。ほかのやつに触らせるなんて、こいつがするはずないからな。ただ変なプレイとかは楽しげにしそうで怖い。

「薬はあり得ませんよ。副作用があっては困ります。アダルトグッズは、悠さまの拒絶反応が強そうなのでないでしょうね」

「……SMは？」

「ソフトなら、ありじゃないですか」

「おいっ」

「傷がつかない程度に軽く縛るくらいは、変なこと……ではないと思うんですよね。目隠しも、ちょっとした刺激の範疇《はんちゅう》ですし。薫さまは彼女にそういったことはしないんですか」

「しねーよ」

マンネリになる前に別れてたしな。どういうわけか俺の彼女たちは束縛したがる子ばっかりで、俺がうんざりし始めると、いつもいいタイミングで次の子が告白してきて、前の子と別れて……ってパターンなんだよ。二股はかけたことないけどな。ただ「別の子と付きあいたいから別れよう」とか「やっぱ無理」って言うだけで。

兄貴は相手を束縛するタイプじゃないよな。むしろ夏木にガッチガチに束縛される立場になっちまった。でもきっと息苦しくはないだろうな。そのへん、こいつは上手そうだ。ふわっと緩《ゆる》ーく縛って、でも絶対に逃げられないようにするんだろ。

兄貴……なんでこいつなんだよ。兄貴がゲイなのかバイなのか知らねーけど、相手が男だとしても、もっといい男いただろ。こいつ、条件的には優良物件だけど、性格と趣味に難ありだぞ。彼氏としての条件なら将来的には俺のほうが上じゃね？

「薫さま」

「あ？」

「諦《あきら》めてくださいよ。あなたは腹違いとはいえ兄弟なんですし」

なに言ってんだこいつ。とんだ見当違いってやつだろ。

「へんな言い方すんな。別に俺は兄貴をどうこうしたいなんて思ってねーよ」

「それは失礼しました。てっきり、悠さまの可憐さと色香に血迷われたのかと」

「だから違うって！」

確かに、ふわーっとした笑顔とか向けられると、思わず顔が熱くなることもあるけどさ。別に恋愛感情とか、そんなんじゃなくて、可愛いもの見たときの当然の反応だよな。兄貴にキスしたいとか抱きたいとか思ってるわけでもないし！

気持ちはわかるけどな。兄貴は顔もきれいだし、細くて男くさくねーしさ。下手な女より可憐って言葉が似合うし色っぽいし。正直、兄貴が女抱くとこって想像できない。組み敷かれてるとこ見ちゃったせいか、男に抱かれてるほうが簡単に想像できる。

思わず夏木を見てしまった。こいつに抱かれてるんだよな、兄貴。ひんひん泣きながら、こいつにしがみついて、もしかしたら縛られたり目隠しされたり……。

「うわ……」

　ヤバい、普通に想像した。

「悠さまは、わたしのものですよ」

　やんわりとした口調だけど、マジなトーンだった。こいつ敵にまわすと厄介《やっかい》なんだよな。まぁ兄貴がいやがらない程度なら仕方ないし、幸せにしてくれるなら認めてやらないでもない。

「大事にしろよ、絶対」

「もちろん」

「セックスも兄貴が毎日普通に生活できる程度にしろ」

「善処します」

　あ、だめだこれ。善処しますって、あれだろ。一応努力はするけど無理だと思いますってときの常套句。

　思わず溜《た》め息《いき》が出た。

「ぜひ、このまま『可愛い弟』でいてくださいよ。悠さまはあなたに甘いので、ライバルになられると困るんです」

「え、甘いの？」

　マジか！　うわ、なんか嬉しい。そっか兄貴、俺に甘いんだ。兄弟だもんな！　うん、やっぱ俺も兄貴のパトロンになるぜ。あ、もちろん絵描きとしてのパトロンであって、愛人とかそういういかがわしいほうの意味じゃねーぞ。断じて違う。

　一気にテンションが上がったとき、ドアをノックする音がした。小さいこの音は、兄貴だ。絶対そうだ。

　小さくそっと開いたドアからは、やっぱり兄貴が顔を出した。

ヤバい、可愛い。巣穴からちょっと顔出したウサギみてぇ。

「ごめん、じゃました？」

「全然！　もう終わったし、一緒に茶ぁ飲も！」

「うん」

　嬉しそうな兄貴に、俺も嬉しくなる。返事の前にちらっと夏木を見て表情がふにゃりと崩《くず》れたことは、とりあえず見なかったことにした。

あとがき

なんとなくファンタジックな気がしないでもない話でしたが、いかがでしたでしょうか。

入れ替わりといえば、わたしのなかでは尾道が舞台のあの映画です。けども、今回は戻らないエンド、というところから考えをスタートさせました。

で、こういうことに。

まぁ、最初の部分だけで、あとはなにひとつファンタジックではないのですが。

充留はこれからですが、悠はこのまま夏木と薫に愛されて生きていくことでしょう。

悠に対する薫の感情は、ぎりぎりセーフなつもりで書いてます。かろうじて道は踏み外してない……と思っているんですが、間違ってますかね？　重度のブラコンで留まってませんかね？（笑）

ところで悠が犬を苦手になった理由なんですが、ああいうのって人によってトラウマになったり全然平気だったりしますよね。友達で前者の人がいました。子供の頃に膝を噛まれて猫が苦手になったらしい。

ちなみにわたしは後者です。全然平気。幼児の頃、親戚の家の秋田犬に噛みつかれそうになり、小学生のときに別の親戚の家の犬に手をぶっすりと噛まれ（手のひらに犬歯が食い込んだ）、高校生のときに近所を徘徊していたラブラドール系の大型犬に背後から押し倒されて腰を振られ（当時、うちには雌の犬がいてちょうど発情期だったために匂いが移っていたものと思われる）……ても、犬はまったく怖くないです。

という話はともかく。

花小蒔朔衣さま。もう幸せでございました。すばらしいイラストをありがとうございました。キャララフの段階から薫のところの大型わんこ。悠のところに描かれていたうさぎ、充留のところの子猫、そしてそういうところも楽しかったです。キャラクターも含めて、イメージ通りにしていただけでなく、キャラクターのイラストだけでなく、そういうところも楽しかったです。

表紙も口絵も本当に素敵！　きれいで色っぽいです。本当にありがとうございました。

そしてここまで読んでくださった方々、ありがとうございました。

では次回、充留編でお目にかかりたく存じます。

きたざわ尋子

✦初出　束縛は夜の雫……………書き下ろし
弟としては………………書き下ろし

きたざわ尋子先生、花小蒔朔衣先生へのお便り、本作品に関するご意見、ご感想などは
〒151-0051 東京都渋谷区千駄ヶ谷 4-9-7
幻冬舎コミックス　ルチル文庫「束縛は夜の雫」係まで。

幻冬舎ルチル文庫

束縛は夜の雫

2013年10月20日　第1刷発行

✦著者	きたざわ尋子　きたざわ じんこ
✦発行人	伊藤嘉彦
✦発行元	株式会社 幻冬舎コミックス 〒151-0051 東京都渋谷区千駄ヶ谷 4-9-7 電話 03(5411)6431［編集］
✦発売元	株式会社 幻冬舎 〒151-0051 東京都渋谷区千駄ヶ谷 4-9-7 電話 03(5411)6222［営業］ 振替 00120-8-767643
✦印刷・製本所	中央精版印刷株式会社

✦検印廃止

ISBN978-4-344-82954-1　C0193　Printed in Japan